冲出豪门的男人

The man ran out a wealthy and influential family

王生文 陈俊杰 苗九龄 著

敦煌文艺出版社

图书在版编目（CIP）数据

冲出豪门的男人 / 王生文，陈俊杰，苗九龄著. --兰州：敦煌文艺出版社，2018.10（2023.1重印）
ISBN 978-7-5468-1622-7

Ⅰ．①冲… Ⅱ．①王… ②陈… ③苗… Ⅲ．①剧本－作品集－中国－当代 Ⅳ．① I230

中国版本图书馆CIP数据核字（2018）第215268号

冲出豪门的男人
王生文　陈俊杰　苗九龄　著

责任编辑：余　琰
装帧设计：李　娟　禾泽木

敦煌文艺出版社出版、发行
地址：（730030）兰州市城关区读者大道568号
邮箱：dunhuangwenyi1958@163.com
0931-2131373　2131397（编辑部）　0931-2131387（发行部）

三河市嵩川印刷有限公司印刷
开本787毫米×1092毫米　1/32　印张8.75　插页1　字数155千
2019年6月第1版　2023年1月第2次印刷
印数：3 001～6 000

ISBN 978-7-5468-1622-7

定价：38.00元

如发现印装质量问题，影响阅读，请与出版社联系调换。
本书所有内容经作者同意授权，并许可使用。
未经同意，不得以任何形式复制转载。

Contents
目　录

001
摩登家庭

109
冲出豪门的男人

187
特别的爱给特别的你

【四幕话剧】

摩登家庭

Modern Family

编剧：高一功　苗九龄

▲ 作者 / 苗九龄

作者简介

苗九龄,中国电影家协会会员,北京戏剧家协会会员,北京演艺集团、北京儿童艺术剧院编剧、导演。曾获第七届、第八届北京市文学艺术奖、中国话剧最高奖金狮奖优秀剧目奖,作品多次入围北京市"五个一工程"精品项目、全国优秀作品展演、国家艺术基金重点项目、优秀人才资助。代表作品:话剧《建家小业》、《幸福年》等,儿童剧《胡同.com》、《雏菊花》等,音乐剧《虎妈猫爸》、《逆风飞翔》等,电影《做局》、《好面儿》等。

编剧的话

中国，发生着文明进程中步履维艰并天翻地覆的变化。我试图通过一个家庭的一个除夕，通过讲述几组婚恋故事，来表现这个变化，来抒发我因这些变化而发生的郁结在心头的情感和感慨。我说不清楚这些情感和感悟到底是什么，或许，是在爱恋里透着批判，在遗憾里带着祝福吧。

期盼观众整个的观剧过程是轻松的，期盼台下不时发出笑声；期盼观众在大笑或微笑之余还能感受到温暖；期盼观众在感受温暖之余也产生些许的心悸或心痛。最后，有了再一次的愉悦，以及，走出剧场后有了一些零散但强烈的思考与回味。

以上的话，只是"试图"，有些贪心。好在，我们愿意为此努力。

第一幕

【应该说,没有"幕启"。观众一进场就会看见早已经拉开的大幕。所有的景片和道具都已经安排妥当了。这是一台看上去几乎没有什么新意的美术装置,就是三室两厅的一个普通家庭的样子。要是说一定有什么现代化的机关的话,那就是这个舞台是能旋转的,可以按照需要转到该凸显的那一室或者一厅或者阳台或者楼外的小花园。

这个家,就是写实的,就是充满了当代中产阶层气息的一个实实在在的家。除了墙面当然会比真实的房间少几面以外,几乎就是真的可以生活在这里。自来水是出水的,煤气灶是出火的,门是确实可以关上和真用钥匙打开的,沙发上是有靠枕的,茶几上是有抽纸的,抽纸是有垃圾桶可以扔进去的,厕所马桶是可以出来抽水声的，——拉屎撒尿就不必当真了，——水果确实能吃，烟当然也能抽。至于饭菜，最好是演员真的可以在戏里做熟做好，当然，实在不好操作，就在处于遮掩处的厨房端出早已经准备好的饭菜也可以，这不是原则。不过，饺子是一定要当众真包的。还有，那饭菜，一定要真的能吃。

要是到了观众进场时道具部门还没收拾完，也没关系，可以让保姆小芬来来回回地收拾妥当。

【即将开演的铃声还是需要的。现在，它响了。

小芬扎着围裙戴着套袖拿着抹布端着水盆进来，开始擦着桌子凳子茶壶茶碗。

余老师坐着轮椅进来：小芬，说你多少遍了！怎么还是用抹布擦茶壶茶碗呢？这样多不卫生啊！

小芬：余老师，我是先擦擦，再端到厨房去洗。

余老师：哎呀，这是何必呢？这叫重复劳动嘛！先不说茶壶茶碗，首先是要尊重你自己的劳动嘛！对不对？

小芬：对。我知道了。

余老师：每次都说知道了，可每次又都重复犯同样的错误。人对一个习惯的纠正时限平均就是被教育三至五次，你已经大大超过这个平均值了！你要反思啊！到底问题是什么、根源是什么、症结是什么、深层次的原因是什么。对不对？不然，这个恶习将会伴随你的一生。可怕不可怕啊小芬？啊?!

小芬：可怕。

余老师：唉！人的成长，真的是艰难的啊！

小芬：再艰难，只要有您这么教育我，我也会改正的!

余老师露出了笑容：你这个孩子！就知道嘴甜！不过，也确实，谁要是有我这么个母亲，那确实是命运之神的眷顾啊！

小芬：是啊！您看，大姐是大学教授——

余老师：副教授。

小芬：正的副的还不都是教授！

余老师：不。不一样，我们讲话一定要严谨，一定要实事求是！

小芬：反正，大姐，别看不是您亲生的，但就是您把她培养成了大学老师，大哥，别看也不是您亲生的，但也是您把他培养成了大老板……

余老师：谈不上大，离党和人民的要求还相差很远呢！——另外，亲生不亲生的，不必总是提起，我从来就是母亲面前人人平等！

小芬：党和人民希望他当多大的老总啊？

余老师：党和人民——倒也没有提出具体的要

求,不过我希望他,起码是马云吧!

小芬:马云?长得太寒碜了吧?

余老师:不是长的,一个男同志,外貌不要紧,要紧的是内心。

小芬:要说内心,二姐那内心,可真是太好了。上次她看我感冒了,给我又是端水又是拿药的。可心疼我了。——她可是您亲生的。

余老师:这一点,我不否认。但是,一个人,最要紧的,是对社会有贡献,是去推动文明的进程。你这个二姐,唉!实在是太平庸了!平庸得不像是我的孩子。我也应该检讨我自己在她学习成长的关键时刻,我把更多的精力献给了我的学生、献给了党的教育事业。不过,要是让我重新选择,我还是会做出同样的选择。青春无悔啊!

小芬:余老师,您太伟大了!

余老师:伟大谈不上,只不过是我把我有限的生命投入到了无限的为人民服务中去罢了。

小芬:对了,还有,还有小哥哥,多帅多酷啊!我们几个保姆都是他的粉丝呢!——他也是您亲生的啊!漂亮可是遗传您啊!

余老师:你们年轻人啊,看问题光看表面!帅啊酷啊,都太肤浅了!我刚刚说过了……

王师傅一身晨练的衣服哼着歌回来了,还拎着大包小包的青菜、肉、水果,还有早饭。

小芬:您回来了!

王师傅:啊!这是今年最后的青菜水果肉了!待会儿就关门了!

小芬:您真厉害!我这就去弄去。早饭您又买来了? 我刚坐上小米粥,刚想去买这些呢! 正好!

小芬进厨房。

王师傅:卖早点的也马上要关门了。这是他们专门给我留的!快吃吧!

余老师边去吃早点边批评:一个卖早点的,也开始搞关系搞不正之风了?

王师傅跟没听见一样,继续哼着歌开始修理一个行军床。

余老师:还马上关门? 过年就不为人民服务了? 中国人,就是太在意过年这样的事情。我就不明白,过年的意义是什么? 要是每个人每个家庭都能够好好对上一年进行总结对下一年进行展望,继往开来,承前启后,那还算有意义。就是凑在一起大吃大喝,有意义吗?

王师傅继续哼歌。

余老师:我在跟你说话呢!

王师傅:哦,跟我啊? 啥事儿?

余老师:算了。我已经没有兴致了。跟小芬说,她还有进步的可能;跟你说,完全就是对牛弹琴。

王师傅边修理行军床边跟唱戏道白一样地念叨:床啊,你跟了我三十年了!

余老师:受了你三十年的罪罢了。

王师傅:床啊,你可要为老夫说句话啊!

余老师:对了,今天,虽然是除夕,但是,我们一定要遵守我们的约法三章,不能……

王师傅:抽烟、喝酒、打牌!

余老师:是不能!不能抽烟喝酒打牌!

王师傅:我说的也是这个啊!

余老师:你少了"不能"二字!真奇怪,连自己母语都掌握不好的你还能干点儿什么?

王师傅:我就是卧龙岗一个散淡的人(唱起来)。

余老师:你别糟蹋我们的中华文化了。可以吗?对了,散淡的人,你给我问王子梦了吗?

王师傅还在唱。

余老师:散淡!

王师傅和小芬都吓了一跳。

小芬:啥?炸弹?!哪儿呢?!

余老师啼笑皆非:是散淡!不是炸弹!你听力出问题了吗?

小芬:散淡?这是啥弹?

王师傅:臭蛋!

小芬:哦。我知道,就是不响的炸弹。——在哪里呢?

王师傅:在轮椅下面。

小芬:啊?是吗?余老师您别动啊!不响的炸弹要说爆炸也会炸伤人吧?我、我报110!

王师傅:顺便再打个120啊。

小芬:对!万一炸了——余老师,您有什么要说的,赶紧说吧。

余老师已经被气得出离愤怒了。

余老师:我、我无话可说。

小芬:那可不行!你起码得说明白您还欠我多少工钱吧?

余老师:什么?我欠你工钱?

小芬:对啊!怎么,人家都说人之将死其言也善,可您到头来怎么不认账啊?您上个月和上上个月都说要给我发奖金来着啊!我还问是多少,您说"超出你的想象"。我的想象是一次五百,两次一千。要是超出我的想象,那起码一千一吧?

王师傅:你也是,反正是想象,干嘛不多想点儿?

余老师:她有底限!不像你。

小芬:我的底限是一千!

余老师:你赶紧干你的活去吧。

小芬:啊?您真的是太伟大了!

王师傅:这话是哪儿跟哪儿啊?

小芬:面对死亡的威胁,您不觉得余老师是那么的从(阳平)容吗?

余老师:是从(阴平)容!说了多少遍了!

小芬:到这个时候了,您还是这么热爱您的教育事业……

王师傅:好了,没炸弹,逗你呢。快干活去吧。

小芬:那,奖金不是逗我吧?

王师傅:你说呢?

小芬:余老师,您可是我心目中的偶像啊!您可要知道,这年头,得罪谁也不能得罪粉丝啊!

余老师:放心去干活吧。

王师傅:是啊,你放心吧,她一定超出你的想象。

小芬:嗯!(回去干活)

余老师:散淡,你还没回答我呢。

王师傅:赏赐给我新名字了?

余老师:你跟王子梦说了吗?她什么态度?

王师傅:什么事来着?

余老师:你!你真是没用啊!

王师傅:你怎么才知道。

余老师:我、我这一辈子,最大的错误就是嫁给你。我当初真的是太天真太单纯了!领导说要向工农兵学习,要和他们打成一片。我就信了,我就当真了。

你结过婚,我不在乎;你媳妇死了,别人说这叫克妻,我不在乎;你有俩孩子,我还不在乎。我就想,你越是条件差,我就能越是得到锻炼和进步。我一辈子,对你,忍了又忍,受了又受,让了又让。结果呢?你不仅没有感激,不仅没有感动,不仅没有感恩,反而……(欲泣)

　　王师傅:你到底想说啥?

　　余老师:我、我无话可说。

　　王师傅:不就是跟大闺女说让她帮你写你的自传吗?说了!

　　余老师:你不仅没用,还是个骗子!

　　王师傅:你真觉得王子梦合适干这个差事?

　　余老师:几个孩子,就她学历高,大学教授……

　　王师傅模仿她的口气:"副"教授,说话要实事求是啊!

　　余老师:反正,就她合适。

　　王师傅:自己写不就齐了。怎么这么爱指使人?

　　余老师:我需要思考啊! 你知道思考的重要性吗?你,你不知道。——我不过是需要一个打字员罢了。我不希望打字这样的低级工作影响我的思考。

　　王师傅:王子梦这个打字员可不好打发。

　　余老师:不,虽然,子梦不是我生的,但是,你不觉得她骨子里跟我很像吗?这个家里,或许只要她能理解我的思路和境界。

王师傅:说她好是你,说她坏也是你。

余老师:她说什么?

王师傅:什么说什么?

余老师:你跟她说帮我写自传,她怎么回答的?

王师傅:她没回答。

余老师:没回答?怎么可能?她总要有个表达吧。起码,起码会有个——表情吧?

王师傅:表情? 有。

余老师:什么表情?

王师傅:你让我学我闺女的表情?

余老师:不可以吗?

王师傅:学不了。

余老师:你描述一下,总可以吧? 你从她的表情里,读到了什么?

王师傅:读到了什么?

余老师:对。

王师傅:2012.

余老师:什么?

王师傅:世界末日。

余老师:……

门铃响了。

余老师:这是世界末日到来的铃声吗?

王心怡带着一些过年的礼物来了。

王师傅：斌斌呢？

王心怡：啊，让朋友带去玩了。我赶紧过来，赶紧帮着小芬忙乎忙乎。

小芬接过那些东西：哎呀，二姐你连饺子馅都带来了？

王心怡：啊，我是怕你们来不及，今天来人多。还不敢早弄，早弄了怕不新鲜了，昨天我弄了大半夜还没弄完，还得咱俩接着弄。

王师傅帮着女儿挂好衣服拿好拖鞋：一个斌斌就够你忙乎的了，还管这些。

余老师：王心怡——

王心怡：妈。

余老师：斌斌让哪个朋友带着玩去了？去哪里玩了？

王心怡：我一个老同学，去欢乐谷了。

余老师：老同学？谁啊？可靠吗？

王心怡：可靠。

余老师：现在这个社会，可不能轻易说可靠二字啊！是谁？

王心怡：就一个老同学。

余老师：到底是谁？男的女的？

王心怡：就一个老同学。

王师傅:你就让心怡放手斌斌一天歇歇吧。再说,斌斌这么大了,人贩子也偷不了。

余老师:斌斌是大了,可斌斌不是个正常的孩子啊!智商只相当于一个五岁的孩子啊!

王心怡听了这话很难受,和小芬进了厨房。

余老师:怎么?我说的不是事实吗?王心怡,你最大的问题就是不面对真相!你知道吗?你之所以命运多舛,之所以成了下岗女工,之所以沦落到社会食物链的最末端,其根本原因就是不能面对!

王师傅也往厨房进:心怡啊,小芬,哎呦,这馅和的,真香!来,咱把案板弄到客厅来吧。厨房太小,饺子包的多。心怡,来。没事儿,别理她就是了。爸在呢啊。

心怡:爸,我没事儿。

余老师一个人剩在客厅里。

音乐起。

余老师:我的亲生女儿,却不像我。我,可以面对一切,包括,2012。

【舞台转动到单元门外。

王东东和欧阳笃,来了。

王东东四下里看看没人,想去亲欧阳笃,欧阳笃躲开。

王东东:我家门口,我都不怕。

欧阳笃:这不是怕不怕的问题。

王东东学他的口气:这是策略问题。不要做无谓的牺牲!

欧阳笃:你严肃点儿啊!

王东东:哦。

王子梦上场,看到他们,听到他们的谈话,停止了脚步。

欧阳笃:我们今天的计划,就是以我加班不能回家的借口,就是以你的老板的身份,来让你们家人认识一下,为以后做好铺垫。我们不能破坏这个计划。凡事要有计划并且……

王东东:严格遵守计划!知道了!

王子梦觉得有些狐疑,但还是没想太多,走上前:什么计划啊?

王东东和欧阳笃吓了一跳。

王东东:大、大姐!

王子梦看着俩人。

欧阳笃:小王,你还不给我介绍介绍?

王东东:——哦,对,我来介绍一下:这位是我大姐,大学老师。

欧阳笃伸出手:久仰久仰!幸会幸会!

王子梦看看欧阳笃,并没有伸手,而是问:您是——

王东东:哦,他,他是我的老总。

王子梦:哦。老总啊。贵姓?

一直伸着手的欧阳笃:免贵,欧阳。

王子梦:复姓?

欧阳笃:对,复姓欧阳。

王子梦终于伸出手来和欧阳笃轻轻握了一下:谢谢你对我弟弟的照顾啊!上来吧。

王子梦先行一步。

王东东向欧阳笃吐了一下舌头,欧阳笃没看见一样,沉稳地跟上去。

【舞台随着他们的脚步又旋转回来。

王子梦边走边问:欧阳老板过年不回家啊?

欧阳笃:哦,加班,加班。

王子梦:看来您真是个好老板啊!

欧阳笃:哪里,哪里。

王子梦到了门口,站下,边按门铃边回头看着欧阳笃:不是吗?加班工作,还关心员工,亲自来家访。难道我说错了吗?

欧阳笃:没有没有。应该的。

王子梦:而且还有计划。

欧阳笃:啊?哦,哪里,开玩笑呢。

王子梦:是吗?

王师傅来开门。

王东东:爸!

王师傅:你们来了。

王子梦:这是东东的老总,说是关心下属家访来了。

王师傅:哦!欢迎欢迎啊!快请进。

王心怡出来,给欧阳笃拿拖鞋:欢迎老总啊!我弟弟不懂事,让您费心了!

欧阳笃:叫我欧阳吧。别客气。——小王,恐怕你还是要给我介绍介绍。

王东东:哦,对对。这是我爸爸,大家都叫他王师傅。

欧阳笃:王师傅,给您添麻烦来了。放心,我吃不多。呵呵。

王师傅:您吃不多,那可不好办了啊!我们家只管吃得多的!

欧阳笃:那好!我努力!

大家笑。

王东东:这是我二姐。

欧阳笃:二姐您好!

王心怡:欧阳老总,快请进。

小芬也出来了:哎呀,太帅了!

王心怡捅她一下:这孩子。哦,这是小芬。小芬,叫欧阳老总。

小芬:欧阳?哎呀,姓也酷啊!我生活里就不认识姓欧阳的,我老觉得姓这个姓的都是电影电视剧里的人。欧阳老总,你们公司,是不是只招像您和我东东哥哥这样的型男帅哥啊?您那里要不要打扫卫生的女孩子啊?

王心怡:小芬,越说你越来劲了啊。快倒水去吧。

大家笑。

王子梦:别说,小芬的话,有道理。你们俩,是很——

王东东:对了,欧阳老总,这是我母亲,大家都叫她余老师。

欧阳笃:余老师,久仰啊!这是我给您和叔叔的一点儿小意思,不成敬意啊!

欧阳笃从皮包里掏出一个精致的琉璃工艺的"马到成功"。

大家愣在那里。

王东东也愣了:你怎么没跟我说……

欧阳笃:哦,大家不要以为这是多么贵重的东西。是我的一个朋友,做这个的,只是一个工艺品。不值钱的。请笑纳。

余老师:现在的社会,已经沦落到这个地步了吗?

欧阳笃:啊?

余老师:我不是特指你啊,我是泛指。

王师傅:快坐快坐吧。

王子梦:欧阳老总,喜欢玻璃啊?

欧阳笃:啊?哦。瞎玩。

王子梦:怕的就是瞎玩。

王东东:大姐你什么意思啊?

大家落座。

王中兵拎着带鱼进门,因为刚才都没来得及关门,他就进来了。

欧阳笃顺手把琉璃放在了茶几上。

王中兵:嚯!这么热闹啊?我还以为我来得最早呢!

王心怡接过带鱼:大哥还拿带鱼来了。

王中兵:这带鱼,那可不是一般的带鱼!这是从马来西亚深海捞出来的!富含什么钙镁铁什么……

王子梦:富含人体所需所有物质吧?

王中兵:对啊!大学教授就是知识渊博!

王子梦:小学生都知道,马来西亚深海下面有什么。一飞机人呢,全变成人体所需物质了!

王中兵:王教授你这嘴啊!佩服!佩服!你这么一说,这带鱼是没人敢吃了,——哎呀,这是什么?爸妈你们舍得买奢侈品了?

王中兵说着就捧起那琉璃:哎呀,这个我知道,在新天地,卖八万呢!

小芬:啊?!

王心怡也惊着了。

王子梦注意到了这么贵的东西背后的什么。

王师傅:一个这?八万?

余老师:王中兵你对钱的热情永远是最高的。

王中兵:这话您可说得太对了!我就是一俗人!我就觉得一个对钱没有兴趣的人那一定是——您好!

王中兵终于看到了一个陌生人。

王师傅:这是东东的老总,欧阳老总,这是我们家的老总,王总。

欧阳笃:王总,幸会!

王中兵:欧、欧阳老总,也幸会也幸会!——哦,这是您带来的吧?

欧阳笃:初次造访,不成敬意。

王中兵:哎呀,还不成敬意?这太成了!怪不得东东老是夸您呢!果然是大气磅礴啊!对了,东东你们具体做什么生意的啊?合适的话我们可以合作啊!我有路子啊!

余老师:金钱的力量啊!悲哀!

王心怡:哥,你不是说今天给我们带女朋友来吗?

王中兵:对了,她马上就到!这回!你们放心!我这次绝对!

王子梦:这台词我们可听多了啊。

王中兵:这回真是真的！你们可不知道,这个丫头那叫一个——(电话响)——来了来了！——哎！小莉啊！你、你到了？我马上下去啊！马上啊！

王中兵起身就出了门。

欧阳笃:王总很幸福啊。

王子梦:幸福？什么是幸福？

欧阳笃:啊？哦,这个问题,很深奥啊。

王子梦:欧阳老总,您幸福吗？

欧阳笃:我？哦,我姓欧阳。

大家笑。

小芬:大姐成中央台了！大哥这个叫神回答！

王子梦:欧阳老总,您是回避我的问题吗？

欧阳笃:啊？哦,不是不是,我,我很幸福。

欧阳笃说完,下意识地看了一眼王东东。

王东东忍不住地微笑了一下。

王子梦看在眼里。

王子梦:我没猜错的话,欧阳老总还没结婚吧？

欧阳笃:哦,对。大学老师就是犀利啊。

王东东:欧阳老总是没结婚,但已经有心上人了。对不对啊欧阳——老总？

欧阳笃:哦,对,是,是的。

王子梦:一定很帅吧？

小芬笑了:子梦姐姐也有说错的时候啊！女孩子

不该叫帅,该叫美丽漂亮。

王子梦:是吗?欧阳老总,我用错词了吗?

欧阳笃:啊?哦,都可以,都可以。——余老师,王师傅,您、你们身体都好吧?

余老师:我坐在这样的椅子上,你觉得呢?

欧阳笃:哦,但看您脸色很好啊!很红润啊!

余老师:那是高血压。

欧阳笃:哦。精神也很好啊。

余老师:人,最要紧的,就是精神。身体可以病,可以垮,但精神永存!

欧阳笃:余老师说得极是啊!

王师傅:她呀,就是整天觉得自己身体不好,其实没什么。

余老师:咦?!难道我是装病吗?我这可都是有医院证明的。是有科学依据的!你可以攻击我,但不可以攻击科学!

王子梦:要我说啊,您确实有点儿小题大做。那医院大夫的话也不能全信。要是按他们说的,咱们每个人都得去住院。我就无所谓。我就看透了,凡是你觉得快乐的事情,医生都会不让做。对吧?不让抽烟——(边说边掏烟抽)——不让喝酒,忌辛辣忌晚睡忌剧烈运动甚至连茶都要忌。人一辈子,不能这么活着,哪怕它是科学的。人就应该按自己的意愿活!

余老师：这真是混淆视听颠倒黑白信口雌黄！都按自己的意愿活,还要医院干嘛？还要组织干嘛？还要政府干嘛?！你自己自由主义个人主义无政府主义,就别再拿出来四处兜售了！

王子梦：我兜售怎么了？我又没妨碍别人！我有权利选择我自己的生活方式,每个人都应该这样。是不是王东东？是不是啊欧阳老总？

王东东和欧阳笃都有些意外王子梦把这个话题扯到他们这里来,面面相觑。

王心怡：姐你说的也不是没道理。但是,怎么说,一个女人家,还是要嫁人的。不然到老了……

王子梦：王心怡你这套生育理论简直就是原始社会的！结婚就是为了生育啊？我们就是生育工具啊？

王心怡：你没孩子你不知道,等你有了孩子就知道有孩子的好了,他一个小家伙就把你整个心都给填满了。

王子梦：哎呀,咱俩的幸福观不同。三观都不同。反正,你的婚姻,王东东的感情世界,还有王中兵的,照我看,都是悲剧。

余老师想说什么。

王子梦：包括你们俩,余老师和王师傅。

余老师气得不行,刚想发作——

王中兵带着李茉莉进来了：说谁是悲剧呢？来,

让你们看看,什么叫喜剧!进来吧!

李茉莉出现在大家面前。

刚刚把盛满了饺子的盖碟儿端到台唇处要放下的王心怡看到了李茉莉,一下子惊住了!

王师傅、王东东、小芬都迎上去寒暄。

王心怡:天呢!怎么会是她?!她来干什么?!

第二幕

【舞台已经旋转到单元门口。

孟小亮拎着一些水果有些紧张地来到门口。

他借着一扇窗户整理着头发和他并不适应的西装领带。

电话响了。

他接:喂,哦,姐姐,怎么了?——我不回家过年了,春节后马上就要论文答辩了,——姐,你怎么又说这个事儿?您不是已经同意了吗?不是还答应帮我做咱爸妈的工作吗?——你怎么又变卦了?——年龄大怎么了?年龄可以阻碍爱情吗?我就是爱她!我已经来到她家楼下了,我今天就跟她说清楚——姐姐,你别哭啊!姐!姐你先别难受呢!这又不是明天结婚。还不知道王老师的态度呢!——我知道了,我会注意的。我会看情况再决定说不说。您放心吧！姐我已经长大了，我知道我在干什么。——知道了姐，知道了。你放心吧。一完事儿就给你打电话。挂了啊。

孟小亮长舒一口气，最后整理一下，上楼。

【舞台随着他旋转到王师傅家。

孟小亮按响了门铃。

小芬开门:哇！今天是帅哥美女大集合啊！

王子梦:这个小芬，就是个花痴！谁啊？

孟小亮:王老师。

王子梦:孟小亮？是你？你怎么来了？

孟小亮:啊，我不是准备答辩吗，就没回家。就来看看你，看看叔叔阿姨，和大家。

王师傅:快进来，进来。小伙子真帅！快坐下。

余老师:你叫什么？

孟小亮:阿姨，我叫孟小亮，是王老师的学生，研三。

余老师:你说错话了吧小伙子？

孟小亮:啊？

余老师:你是王子梦老师的学生，怎么能叫我们叔叔阿姨呢？秩序，有时候还是应该遵守的。

孟小亮:哦，王老师平时和我们在一起，就跟朋友一样。对不起啊阿姨。这是给您和叔叔的水果。

王师傅：嗨，没那么多事儿，想怎么喊就怎么喊。随便坐啊！小芬，给几位客人倒茶续水。一个学生，还花钱干嘛——

王中兵：爸妈，这是茉莉跟您带的红茶绿茶。知道二老喜欢喝红茶绿茶，茉莉专门去万金福老字号给您二老买的。

王师傅：你们都还花钱干嘛？人来了就高兴。

李茉莉：实在是不成敬意。伯父伯母身体都好吧？

余老师：一个人，到了谁见谁问身体的时候，也真是一种悲哀啊！我累了。

王心怡赶紧推母亲进里屋去。

王师傅：都好都好！还让你挂着。

王中兵：我妈这个人啊，你别介意，她就是更年期！

李茉莉：别胡说，我们做晚辈的，一定要多体谅老人。是吧姐姐？

王子梦：王中兵你真是找了一个好媳妇啊！就怕你旧病复发啊！

王心怡出来。

李茉莉：姐，中兵以前是以前，现在，我们也该信任他。是吧？

王心怡看着她。

李茉莉也不得不去看王心怡，她不看是不看，一看也下了一跳,站了起来:哎呦,是你啊?!

王心怡:啊,是我。刚才看你们说话,就没打扰。

王中兵:你们认识?

李茉莉:你们是?

王中兵:这是我妹妹啊!王心怡!你们认识?

李茉莉:哦,是,是啊,我们,我们很久以前就是好朋友了,比你可早得多了!是吧,心怡姐?

王心怡:是啊!太巧。那个,真是太巧了!

李茉莉:你一点儿变化都没有!

王心怡:我?哎呦,可别说我了。你才是越来越年轻漂亮呢!

李茉莉走过去:哎呀,真没想到!太好了!王中兵,我们姊妹过去说说私房话去了啊!

王心怡:也好,那,来这边吧。我小时候就住这间。

李茉莉:好啊!

她俩高高兴兴拉着手进入余老师那间房间以外的一个房间。

王中兵:欧阳老总做什么生意呢?

欧阳笃:哦,这是我的名片。

王中兵:嚯!我知道你们这家公司!这可是大鳄公司啊!

欧阳笃:哪里哪里。瞎混。

王中兵:我没带名片,我给你写一个吧。

王中兵去找纸笔写名片。

小芬:东东哥,你喜欢吃什么馅儿的啊?

王东东:啊?随便。

小芬:东东哥就是好说话!

孟小亮:你是王东东吧?我叫孟小亮。

王东东:啊?对。你健身吗?

孟小亮:啊?哦,不,我喜欢足球篮球。

欧阳笃:你呀,见人就说健身的事情。

孟小亮:这位是大哥吧?

欧阳笃:不,我也是来看望二老的。

孟小亮看了一眼欧阳笃,又看了一眼王子梦:王老师,这位先生也是你的粉丝?

欧阳笃:啊?对对。我很景仰你老师。

王子梦:我可真不敢当。

孟小亮显然误会了:王老师,您真是魅力无穷啊!

王子梦:跟老师怎么说话呢?

孟小亮:您不是最厌恶师道尊严的吗?

王子梦:你今天是来讨论师道尊严的吗?

孟小亮:你这么理解也可以。

王子梦:我也累了,要不,你就先回去吧。

孟小亮看了一眼欧阳笃:那您休息吧,我反正也没事儿,和两位大哥说说话取取经。

王东东注意到了孟小亮看欧阳笃的一眼。

王子梦起身走了。

王东东:小亮很愿意学习啊!

欧阳笃:这一点确实值得你学习。

王东东:那可是,小亮值得我学习的地方太多了。

王中兵写名片回来:我这字,最臭了!见笑了啊!

王东东:臭不臭,分谁看。他要是喜欢上了你,你再臭也是香的。

欧阳笃看名片:不臭啊!很漂亮啊!

王东东:你看。

孟小亮:咱俩谁大?

王东东:你们看呢?我俩,谁大?欧阳老总?

王中兵:你一看就小,这个谁,小亮吧,显得稳重成熟。

王东东:那你觉得显大好呢还是显小好呢?

王中兵:男孩子,还是稳重成熟了更招女人喜欢!

王东东:那就是年轻不成熟就会更招男人喜欢了?是吗欧阳老总?

王中兵:男人喜欢不喜欢,那不是无所谓嘛!男人,主要的魅力,就是要有女人缘儿!知道吧?

王东东:小亮哥一定女人缘好!对吧?

孟小亮:唉!好有什么用?

王东东警惕地:怎么了?怎么没用呢?

孟小亮:我喜欢的,不喜欢我。就这么简单。

王东东：哦？那你喜欢哪种类型的？

孟小亮：成熟的！

王东东更警惕了：是吗？欧阳老总，您很吃香啊！

孟小亮：啊？不是说女人缘吗？

王东东：哦，那你是喜欢——成熟女性？

孟小亮：对！我就喜欢成熟女性！

王东东：你喜欢王子梦？！

王师傅吓了一跳：东东！别跟客人胡说！

欧阳笃：东东开玩笑呢。

孟小亮看了一眼欧阳笃：他没开玩笑。

王中兵吓了一跳：啥？

王师傅已经愣住了。

小芬：怎么了？怎么了？

王中兵：我喜欢爱开玩笑的家伙。

王东东：不，他没看玩笑。是吧？小亮。

孟小亮：对！我就是喜欢王老师！

王师傅不知道该说什么好。

小芬：哎呀！太好了！现在最流行姐弟恋了！你们看《来自星星的你》了吗？那个都敏俊——

王中兵：小芬，别瞎扯！

小芬：我没瞎扯。

王师傅：你叫什么来着？

王东东已经高兴地抢答了：孟小亮！他叫孟小

亮！怎么样？名字也很阳光吧？

王师傅：你今年多大啊？

王东东：你哪年的？

孟小亮：今年24周岁。

王东东：你比我小两岁呢！

王师傅完全愣在那里。

王中兵：现在的孩子！嘿！给力！

欧阳笃：是啊！时代在发展，任何感情，只要是真爱，都应该得到鼓励。

王东东：太对了！

孟小亮：谢谢！

王师傅起身往外走。

大家看着他。

王东东：爸您干什么去啊？

王师傅：我去看看锅。

小芬：没到点儿呢，不用看。我看着表呢。

王师傅跟没听见一样进了厨房。

小芬：你真棒！敢于说出自己的真爱！对吧？东东哥？

王东东：对！

小芬：东东哥，爱情真的是可以不管不顾的是吗？

王东东：对！只要真爱上了，就一定要不管不顾！小亮！赞一个！

孟小亮：谢谢你哥们！

王东东：我要向你学习！

小芬：我也要向你们学习！

小芬说完就开始发呆，然后死死地盯着王东东，在紧张地思考着什么。

王中兵：酷啊！酷！真酷！哎呀，你们真是赶上好年头了！想怎么折腾就怎么折腾！哪像我们那时候啊——哎，欧阳老总，您看咱能不能来个强强联手？

王东东：小亮，我姐知道了吗？

孟小亮摇头。

欧阳笃：怎么个联法儿？

王中兵：我呢，主要就是土生土长的北京人，您是外地的吧？——那就好，我呢，主要就是一个路子广！人脉啊！绝对的人脉！我这个人，没别的，就是一人缘好！不光女人缘，哥们朋友也是一大堆啊！那个中石化的李总，知道吧？我哥！中石油的王总，知道吧？姓都是一个姓！更是我哥！

王东东和孟小亮一下子成了好哥们，窃窃私语起来。

小芬突然起身，跑向卫生间。

【舞台随着小芬旋转。转到了王心怡李茉莉待在的屋子那一侧。

王心怡：你怎么不说话？

李茉莉低着头。

王心怡：茉莉，你忘了咱俩跟亲姐妹一样的那段日子了吗？有话不能跟我说说吗？

李茉莉：亲姐妹？

王心怡：不是吗？

李茉莉：以前觉得是。

王心怡：现在不是了？

李茉莉：对。不是了。

王心怡：为什么？

李茉莉：你不是我的姐姐，你是王中兵的妹妹。

王心怡不说话了。

李茉莉：你，在那个时候，在我最苦难的时候，在十六岁的我拉扯着王中兵和我那死去的亲姐姐的亲生孩子的时候，你，出现了。你对我百般照顾，真的像我的亲姐姐，甚至比我的亲姐姐都更疼我。你知道我对你的感情吗？你知道你在我心里是什么吗？你在我心里，完全就是一个神啊！就是一个天使啊！我也想过，你为什么这样对我，为什么这样对待一个平白无故的人。我记得我也问过你。你还记得你是怎么回答的吗？

王心怡低下了头。

李茉莉：你说，这叫缘分，姐妹缘分。我信了，你知道吗？我信了！那个时候，我多么需要这个相信啊！

是你让我相信了!——今天,十二年后,我二十八岁了,我才明白,不,那不是你我的姐妹缘分,那你是在替你的哥哥赎罪!那是你在照顾你的外甥女!你的亲外甥女!你、你也是个骗子!跟你这个哥哥一样!

王心怡泪流满面。

李茉莉:咦!对了,我又奇怪了,你怎么后来不出现了呢?哦,对了,你觉得你赎罪到期了,你觉得刑满释放了。对不起,我不该这么问,我不该再那样地等待你!

李茉莉也流泪了。

王心怡:对不起,茉莉妹妹,对不起,都是我的错,都是我的错!

李茉莉:算了,错不错的。都过去了!我真的恨我自己又流泪了!我已经很久不流泪了!你还记得你给我推荐的一部电影吗?《莫斯科不相信眼泪》?谢谢你让我看那部电影。——好了,没事儿了!都过去了!现在,我们翻过那一页吧!我们重续我们的姐妹缘分吧!不想续也得续了!因为,你哥哥已经向我求婚了!以后,你要管我叫一声嫂子了!哈哈哈!

王心怡:茉莉,你不要这样,好吗?

李茉莉:哪样?怎么,我让您不舒服了吗?

王心怡:你能让我说一下吗?

李茉莉:可以啊!这是您的家,——虽然以后会更是我的家。说吧!

王心怡:你还记得我是怎么就突然不去的吗?

李茉莉:忘了!我才不记这些破事儿!

王心怡:我记得!我记得!我不会忘!永远不会!

李茉莉脸不看她,其实是认真听着。

王心怡:那天,我跟你说,下班后,我去你那里,你和孩子一定要等我,不要做饭,我带个人一起去,到了以后我们再一起做饭。

那个人是谁,你知道吗?我想你当时应该猜到了,就是我的未婚夫,他叫刘大庆,你还记得这个名字吗?那天,是我俩结婚登记的日子。也是那天,我们查出了我已经怀了我们的孩子。你知道那天我是多么幸福吗?

我和刘大庆商量着,咱没钱,也不要跟父母要,其实,要也要不出来,我妈妈看不起大庆,嫌他是个水电工。我爸爸不嫌他,还很喜欢他,但我爸爸从来都是身无分文,你知道的,我父母的钱从来都是我母亲管着。所以,我和大庆就商量,就和你,还有孩子,俩孩子,一个两岁,一个刚刚怀上,就我们四个人,举行一个婚礼,在你那里。

我那天请了假,那是我从上班以来第一回请假。我请了假。我用仅有的钱买了一些婚礼该用的东西。我记得,我买了一瓶红酒,是长城牌的,76块钱呢!我还买了一盒烟。大庆原来抽烟,因为我咳嗽就戒了。我记得我买了一盒恒大牌的,大庆原来就抽这个的牌子的。我想,好歹也是个婚礼,该有喜烟喜酒啊!我就买好了,我就在家等他回来。——可是,他,再也没回来。

李茉莉转回头看着她。

王心怡:刘大庆,他去跟他那个私营厂子的会计去要工资,已经俩月没发工资了。他和人家起了冲突。后来,听说是四个人打他一个。也是巧了,他的头碰到了一个铁桌子的角,就那么寸。被送到医院不久就死了。我等得天都漆黑了,报信儿的人才来。我跑到了医院,他的身子还没凉透……

李茉莉的泪又一次下来了。

王心怡:那个会计,虽说事情由她发生,但是,倒也还算个好心人,她告诉我,大庆临终说的话就是让王心怡把我们的孩子生下来养大,说他说他累了,睡一觉就去看王心怡和孩子,让他娘俩等着他,他说他就睡一小会儿。

李茉莉不由得揽住了王心怡。

王心怡:我记得我听完这些话就晕过去了。我不知道我睡了多久。等我醒来的时候,我第一个看到的,就是我爸爸。就在这张床边上,我爸爸正在给我擦脸上的汗。我又迷迷糊糊地过了几天,能坐起来了。我爸爸说我怀孕了,医生说不能太难受,不能太活动,要想生下孩子就一定要静养。那个时候,我实在是没有力气出门去找你和孩子。我就跟爸爸说了我有一个好姐妹,是厂子里的好姐妹,不容易,您替我去看看她。爸爸就去了,可怎么都找不到你和孩子。后来,我爸爸又去,才知道,就那么寸,就那几天,那房子因为是违章建筑,被拆了。后来,我就生下了我和大庆的孩子。那孩子,居然是自闭症。我就想,这不怪他,这怪我,我在怀他的时候难受的事情太多了,我没能按照医生和我爸爸说的高兴起来。我也努力了,我努力地笑。我也笑出声来了。可是,心里头,还是苦的。孩子出生后,我除了上班就几乎天天带着孩子倒三趟公交车,去圆明园那里,给孩子扎针。那个老中医,人好,你有钱就给,没钱就欠着,有钱没钱他都一个样儿。

李茉莉给她倒了一杯水。

王心怡接过水:就是这样。

李茉莉泪不住地流下来。

王心怡:说实话,你骂我也骂得对。我当初去接触你,确实是为了我哥哥赎罪。但是,我一看见你,一看见孩子,就不是了。就算没有我哥哥的事儿,我也一样帮。我就见不得人受苦。真的。你,信吗?

李茉莉:其实,就算是为了王中兵去赎罪,也不是谁都能做到的,可以说,没几个人能做到。起码我就做不到。我刚才那样说,其实,就是因为:这么多年来,你是活在世上的,我心里的,唯一的亲人。我一直在等你。我觉得我不是在等你,是在等一个希望,一个对人的希望。周围,都是因为钱红了眼的人,我觉得自己太孤独太难受了。

王心怡:对不起。

李茉莉:别再这么说了!讨厌你!

俩人终于笑了。

静场。

李茉莉:你都有白头发了。

王心怡:你刚才在外面还说我没变化呢!

李茉莉:你不也说我还那么漂亮吗?

王心怡:我说的是真的!不是还那么漂亮,是更漂亮了!

李茉莉:这回说对了!

王心怡:去!——哎,你这些年去哪里了?现在干什么呢?孩子还好吧?个子长高了吧?学习好吗?跟你亲吧?

李茉莉:看你!一堆问题!让我回答哪个?

王心怡:都回答。

李茉莉:孩子很好,上外国语学校了!一个月才回来一趟!全封闭的!这几天放假,和全班同学被组织去美国了！你要想见她啊，可得预约！

王心怡：真的？哎呀！太好了！你太厉害了！

李茉莉：至于我，以后再说吧。咱不是要成一家人了吗？有的是时间。

王心怡：茉莉！

李茉莉知道她要问什么：干嘛？

王心怡：你，跟王中兵，是怎么回事？

李茉莉：还能怎么回事？谈恋爱呗！怎么？没听说过啊？——哎，你又找了吗？

王心怡：你看可能吗？我都白头发了，还有个斌斌，离不开人。——你别转移话题，问你呢！

李茉莉：不是跟你说了嘛！不信你问你们家王中兵去！

王心怡：……茉莉，……

李茉莉不说话，走到一旁去给自己倒水。

王心怡：茉莉，有些事，该放下就要放下啊。可别老是出不来，那样不好。

李茉莉：什么呀？你觉得我像没出来的样子吗？瞎操心。

王心怡：茉莉，你能骗得了我吗？

李茉莉：你这人，我怎么骗你了？算了，我出去了啊！

李茉莉去拉门。

王心怡跑过去拦住她:茉莉!

李茉莉不看她:干嘛呀你!

王心怡:你看着我。

李茉莉:看你干嘛?

王心怡:茉莉,你可别做傻事啊!

李茉莉:做傻事?哼!那是以前。现在,你看看我,看仔细了,会吗?我还会做傻事吗?

王心怡:你来干什么?

李茉莉:我来干什么?来拜见公公婆婆和大姑子小姑子大伯哥二伯哥啊!过年嘛!

李茉莉拉门出去。

王心怡心悸无比地站在原地:她来,她来干嘛呢?——不会吧?不会吧?!

【舞台开始旋转。

这间房子的门口外,愣愣地站着王师傅。

音乐起。

【舞台旋转回客厅。

小芬装扮一新、还涂了腮红和口红,有些扭捏地走出了卫生间。

李茉莉先发现的:呦!你这是,这是欢度春节呢?

王东东、欧阳笃、孟小亮、王中兵回头看。

王中兵:哎呦,我的妹子,漂亮啊!一捯饬,这不是就成范冰冰了吗?赞一个!

王子梦休息好了,出来端水:小芬,你的美学理念很有特色啊!

王心怡出来了:呦,小芬,你,发烧了吗?爸!咱家还有退烧药吗?

王师傅出来了,神情算是恢复正常了些:怎么了?谁发烧了?——小芬,你咋的了?锅到点儿了你也不说一声,幸亏我在里头看着。怎么了?

小芬:我、我要向这个哥哥学习!

孟小亮:向我学习?我是这样吗?

王东东和欧阳笃笑了。

王中兵也笑了:妹妹你绝对是奇葩!我喜欢!

王东东:小芬,到底怎么了?

小芬:余老师呢?

王子梦:余老师?干嘛?你想吓唬吓唬她?

余老师还是在轮椅上出来:怎么了?什么事?怎么一会儿也离不开我啊?

王子梦:你们家小芬有话要宣布。要开全体大会。

余老师:小芬?——小芬你这是整得什么?要唱戏吗?也好,我就说,过年一定要过出新意来,有益身心健康的文艺活动也很值得提倡嘛!小芬,你想表演个什么节目?

王东东带头鼓掌。

王中兵跟着起哄。

余老师:小芬,不要紧张。亮出你的真我风采!

王中兵:好!你的能量超出你想象!

王东东鼓掌。

小芬:东东哥,你是为我鼓掌吗?

王东东:当然。

小芬:那我就有勇气了!

余老师:开始吧!我最烦那些选秀节目上那些废话!浪费生命嘛!来,用作品说话!

小芬:那,我为我的心上人,唱一首歌!希望大家喜欢。

王中兵:啊?小芬有心上人了?谁啊谁啊?是不是二单元住的那个保安啊?

小芬:他,远在天边,近在眼前。

王中兵:近在眼前?那就是那个保安了!二单元嘛!挨着!

王子梦已经确定了小芬爱的是谁了:唉!又是一出悲剧啊!

小芬:不!我一定要不放弃!不抛弃!我要坚持我的梦想!不管有多么艰苦的道路,我都会坚持下去!我演唱的歌曲是《爱你爱你就是爱你》!

小芬开始了高歌。她一边唱一边拿出一个道具:塑料花、然后,深情款款地走向——王东东。

全体,终于都明白了。

王东东傻在那里不得动弹。

欧阳笃下意识地站起来。

王子梦看着他们。

王心怡傻了。

李茉莉呆了。

王中兵都愣了。

王师傅也不知所措。

当小芬的塑料花就要塞到王东东的怀里的时刻,王东东像碰到了一条蛇一样惊跳起来:不——!!

小芬的歌声戛然而止。

静场。

王东东:不、不,我、你、你不要这样。我、我害怕。

王东东伏在了欧阳笃的肩头。

欧阳笃一动不动。

余老师:太不像话了!

欧阳笃推了一把王东东,王东东惊醒过来,从欧阳笃肩头离开。

余老师:太不像话了!

王子梦:您是说谁不像话啊?

余老师:还有谁?! 还能有谁?! 小芬,一个人,最重要的,就是一定要找准自己的位置。我没跟你说过吗?! 啊!? 人贵有自知之明。对不对?! 你,你这是,纯属胡闹啊!

小芬鼓起勇气:余老师,您也说过,每个人,都有爱的权利!都有表达爱的权利!

余老师:好好好,你有权利。问题是,你觉得,这可能吗?你去照照镜子再说!

小芬:我就是照了镜子才说的。我为什么不能说出我的爱?我知道,我就是一个保姆,我是农村来的,我长得也不好看,我也没文化,我配不上东东哥哥。我知道。我又不是傻子,我怎么会不知道。但是,余老师,就是您给了我爱的启蒙爱的教育。您给我读那本什么书,对,叫《简爱》。您读的那段话,您还让我背诵下来。我到今天也没忘。

你以为我会无足轻重地留在这里吗?你以为我是一架没有感情的机器人吗?你以为我贫穷、低微、不美、纤小,我就没有灵魂,没有心吗?你想错了,我和你有样多的灵魂,一样充实的心。如果上帝赐予我一点美,许多钱,我就要你难以离开我,就象我现在难以离开你一样。我现在不是以社会生活和习俗的准则和你说话,而是我的心灵同你的心灵讲话。

所有人都愣住了。

余老师:这,这太荒唐了!

小芬:放在文艺作品里就是好的,放在我们生活里就是荒唐了吗?

王中兵:小芬说的有道理。

余老师:什么?

王中兵:亲爱的母亲大人,您不必这么激动。一个少女,喜欢上您这高大帅气的儿子,不是很正常吗? 不算荒唐,这个,真还不算荒唐。

余老师敏感地:那你的意思,还有更荒唐的?

王中兵看一眼孟小亮:我可没说。

王子梦也感觉到了什么:王中兵你别说半截话!

王中兵:我只能说半截话……

孟小亮:后半截我来说吧。

王子梦:你? 你说什么?

孟小亮:我说我爱你。

王子梦:什么?!

余老师:你们,这是,演节目吧? 啊? 呵呵。

王子梦:孟小亮,你听好了,不管你是真的还是演节目,都没有必要继续下去了。OK? 需要我们送你出去吗?

小芬:小亮哥哥,你一定要坚持啊! 不放弃!

孟小亮:不抛弃!

王子梦:该死的电视剧!

王中兵:这样吧,不管咋的,你们想说的,已经说了,啊,那么,接下来,就该两位被追求的俊男靓女,你们发表一下获奖感言了。不管是感谢父母还是感谢 CCTVMV,不管是接受还是拒绝,给个态度,啊,这个节目就算结束。好不好?

王子梦:我已经表过态了:不可能。

孟小亮:为什么?

王子梦:为什么?还为什么?难道这种事情还需要为什么吗?就像你,爱我,有什么理由吗?

孟小亮:当然有。

王子梦:是什么?

孟小亮:我爱你。因为,你是个矛盾体,是个综合体。你很丰富,却也很简单;你分析文艺作品头头是道,面对生活却束手无措;你看上去比谁都懂得人生,但同时又比谁都不懂得生活。你还记得吗?你在课堂上刚刚神采飞扬地分析《悲惨世界》,分析着分析着,突然,你看到了一只蟑螂,然后,你马上就惊叫起来浑身发抖缩在一角,像极了一个婴儿。那个时候,我就爱上了你。我没见过哪一个女孩子跟你一样这么矛盾这么冲突却又这么自然这么真实,你就是你在文艺理论课上说的"丰富的简单",你就是我心中的女神。我爱你。我说明白了吗?

所有人,包括王子梦,都愣在那里。

王心怡哭了。

王心怡:大姐,你不是一直想找一个懂你爱你的人吗?他不就是吗?

王子梦还是愣在那里。

余老师:你懂什么叫懂你爱你？啊!？一个人,懂另一个人,是需要漫长的时间和众多的事件的,是需要长时间的磨合的!你跟斌斌爸爸一共在一起多久啊？怎么就知道这些?!真是的!

王心怡第一次反抗母亲:我不这么认为。有的人对有的人,一辈子也不懂得;而有的人对有的人,看一眼就懂得了!

余老师:你、你是在跟我说话吗？

王心怡软了下来:……

余老师:好好好,你们都懂!就我不懂!那就按你的说法,小芬和王东东,王子梦和这个——这个人,你们赶紧想怎么的就怎么的吧!我是管不了了!

余老师说完就要走。

没想到比她走得更快的是王子梦。

王子梦在愣了后突然泪奔地失控地:原来,我在、在你、你眼里,我、我如此地、如此地不堪!

"哇——"地一声,王子梦大哭着跑向一间里屋。

余老师:小伙子,这,就是你懂的后果。

余老师走了。

孟小亮愣在那里。

王中兵:好!小伙子!好!呵呵。我赞你!还有,（冲王心怡）,你,我也赞!

欧阳笃:确实,现在的年轻人很给力。呵呵。

王东东看了欧阳笃一眼。

小芬:还有我呢!

王中兵:你,我更赞了!是吧?你的能量超出我想象嘛!呵呵。对了,你还没讲你的爱的理由呢!

小芬:我的理由?我早就想好了。我爹在家就跟我嘱咐过了。第一,一定是北京户口;第二,有一份稳定的工作;第三,哦,我爹就嘱咐了我这两条。第三第四是我自己的。

半天在看哈哈的李茉莉:说说看,说说看,是啥?

小芬:第三,就是,个子要高,我爹就矮,我就喜欢高的;第四,第四,(羞涩了),最好是帅锅(哥)喽!

王中兵:哎呦!我们东东确实都符合啊!呵呵。那只剩下一个问题了,对吧,小芬?

小芬:啥?

王中兵:万事俱备,只欠"东"风啊!对不对?

李茉莉:是啊,东东,你是什么态度?

欧阳笃这个时候,站起来给发愣的孟小亮递了一瓶饮料。

王东东看见了。

王东东:我同意!

所有人都愣了!

王中兵:东东,你刚才的台词是……

王东东:我口齿不清吗?——我同意!

欧阳笃明白了他为什么这么说,想解释又觉得不知道该怎么说。

小芬"哇"一声大哭了。

小芬:我、我只想到被拒绝的!你这么就答应了,我、我可怎么办呢?!

小芬跑向厨房。

王东东:大家怎么了?不祝福我吗?欧阳老总,不祝福你的员工吗?

王东东说完就跑了出去。

王心怡:东东——

欧阳笃:我去吧。

欧阳笃追出去。

王心怡:爸——

半天都没有说话的、一直在笑眯眯看着整个过程的王师傅,终于说话了:我们王家,今天是大好的日子啊。中兵,子梦,东东,都有人来喜欢。这不是好事吗?心怡,来,帮爸收拾午饭。中兵,去把大家叫来,该吃午饭了。茉莉,你们尝尝我的手艺。

茉莉:哎!我来帮您!

王师傅、李茉莉、心怡都去了厨房。

瞬间,客厅里,只剩下王中兵和孟小亮两个人。

孟小亮:——大哥,您觉得,——怎么样?

王中兵一副"甄嬛体":时值过年,热闹些,总是极好的。

然后,他去招呼人们吃饭了。

只剩下孟小亮一个人。孟小亮电话响了:——姐,不是说好的完事儿给你打吗?——说了,我已经说了。在等消息。——对,就我自己,在她家,静静地等待命运的审判。

【舞台开始旋转。音乐起。

第三幕

【舞台已经旋转到了单元门外的小花园里。

王东东生气地跑来。

欧阳笃追来。

欧阳笃:东东,你怎么回事?又闹什么孩子脾气?

王东东:见一个爱一个、见两个爱一双,是不是你的写照?

欧阳笃:看你说的,我爱谁了?(四下里看看)我不就爱你一个吗?

王东东:他呢?

欧阳笃:谁啊?

王东东:还有谁?比我成熟比我有魅力的呗!

欧阳笃:你说孟小亮?

王东东:承认了吧?名字也随口而出啊!

欧阳笃:我干什么了就惹得你这一番地闹腾?

王东东:嫌我闹了?找不闹的去啊!又没拦着你!

欧阳笃(有些不耐烦了):好了好了,在你家门口,不要闹了,有事以后咱俩单独说。好不好?

王中兵下楼来叫人吃饭,看见他俩的状态,停下来。

王东东:不好!

欧阳笃:那你要怎样?

王东东:我要你说你爱我!

王中兵吓了一跳。

欧阳笃:好好,我爱你。

王东东:不行!

欧阳笃:不是说了吗?怎么还不行啊?

王东东:你要当着全体人的面说!

欧阳笃:好好,以后找个机会,一定说。

王东东:就今天!

欧阳笃:怎么又今天了呢?不是说好的吗,咱今天来,只是让大家认识一下我……

王东东:我不管!我就要你今天说!

王中兵悄悄回去了。

【舞台随着王中兵旋转回去。王中兵一路上有些恍惚。舞台旋转到余老师和王子梦的房间,停下。

余老师:可以交流了吗?为什么痛哭流涕?为什

么失态？很简单地拒绝不就可以了吗？有问题，就说出来，就面对嘛！你看我这一辈子，遇到多少问题啊！你这个算什么啊？一个小毛孩子，说了些胡话，不很简单的事儿吗？也没什么值得难过的啊！我正准备开始写我的回忆录，希望那些事情，尤其我的态度和精神能够……

王子梦：你能不说话了吗？

余老师：你、你这是什么意思？！我好心好意……

王子梦：你知道我为什么哭吗？

余老师：我不知道！我不理解！我也不欣赏！没什么嘛！

王子梦：因为你。

余老师：因为我？太奇怪了！怎么会因为我？！你分明是听了那个叫什么……

王子梦：——就是因为你！

余老师：……

王子梦：就是因为你！你知道吗？孟小亮刚才说的那个我，就是我心里的你！不懂得生活！不懂得人情事理！不懂得尊重他人！不懂得人到底该怎么活着！这就是你！我一辈子，完全就在做一件事，那就是彻底摆脱你的遗传！彻底摆脱你的影响！彻底摆脱你的基因！彻底摆脱你的阴影！彻底摆脱你的魔咒！！我、我一度以为我胜利了，一度以为我做到了，你知道我是多么地高兴吗?!可今天,孟小亮的话,才让我看到了真实的我!那就是你!就是我最不愿意成为的我!!

余老师完全被震惊了,震呆了。

王子梦大口喘息着,泪如泉涌。

王心怡敲门:开饭了。出来吃饭吧。

俩人都跟没听见一样。

音乐起。

【舞台旋转。到了客厅。

王中兵回来了,他第一次出现了恍惚的状态。

李茉莉放下碗筷,发现了这一点:亲爱的,怎么了?

王中兵:啊? 哦,爱情,是什么?

李茉莉:这个问题,不在你思维习惯范畴里啊!

孟小亮:大姐您知道有一个人突然遭到了雷击就一下子变成了数学大师的事儿吗?

李茉莉:哦,前两天微信上看见了。

孟小亮:那就是爱。

李茉莉:你是说:雷,爱上了一个人? 这真够雷的。

孟小亮:我们,就是那个人;你爱上的那个人,就是那个雷。

王中兵:你说的,真的太对了,我确实,被雷着了。

李茉莉:我在你眼中,居然,是个雷?

王中兵:啊？哦,不,不是你。

李茉莉:不是我？哦。别说,你这个人,居然也还是有优点的:能实话实说。好在我已经做足了你被一堆雷劈死的准备。

王中兵还有些迷迷瞪瞪:你是说,有很多这样的事儿?

李茉莉:对了,咱说的,什么时候登记来着?

王中兵:登记？哦,对对,是——不是等你的决定吗?

李茉莉:我想好了,我可以答应你。不过,我是有条件的。

王中兵:嗯。

李茉莉:你在没在听我的台词?

王中兵:什么？

李茉莉:我是有、条、件、的。

孟小亮:我来当见证人！说吧！

王中兵开始回到现实:——什么条件?

李茉莉:你说过,你真的很爱我,并且,包容我的一切。对吗?

王中兵:你有多少需要包容的?

李茉莉:要反悔?

王中兵:啊,不,你说吧。

李茉莉:还来得及。

王中兵：不，不反悔。

李茉莉：你会包容我的一切？

王中兵：对。

李茉莉：很犹豫啊。

王中兵：没犹豫。

李茉莉：我也没太多需要你包容的，就两条。而且，你其实可以换个角度，把这两个条件当成优点。

孟小亮：您说吧。

李茉莉：一呢，我这人，稍微有点儿缺乏安全感——

王中兵：知道了。

李茉莉：知道什么了？

王中兵：缺乏安全感，怎么办呢？就是用钱砸实的事儿呗！房子车卡嘛！没问题！全部给你！

李茉莉：我真理解了大张伟那首歌的意思了：就这个 feel 倍儿爽！

王中兵：还有什么？

李茉莉：还有，就剩一点了。不太重要了。

王中兵：别憋坏了。

李茉莉：你是个特别有爱心的人士。对吧？

王中兵彻底从王东东事件里出来了：你是阴谋吧？

李茉莉：看你这人！一个爱心故事被你变成了一个阴谋！简单说吧，我十六岁的时候，收养了一个被遗弃的孩子。

王中兵：你有个孩子？！

王心怡端着菜出来。

李茉莉：我可以答应你，如果你不同意，我可以在办理完所有的房产证车证银行卡的转移手续和登记手续后的一周内，把这个孩子还给他的生父。

王心怡：茉莉！

李茉莉：怎么了？

王心怡：吃饭了。

李茉莉：好。王中兵，你考虑一下，希望你能同意。

李茉莉起身去帮着摆饭菜。

王中兵又回到了王东东事件里：你叫什么来着？

孟小亮：孟小亮。

王中兵：对对，孟小亮，你知道被雷劈了以后是什么感觉吗？

孟小亮：就你现在这个模样吧。——爱情道路上从来都不是一帆风顺的。加油！

王中兵看着孟小亮举在他面前的手掌，半天才反应过来，和他击掌。

王心怡拽着李茉莉到了一角：茉莉，我，真的希望你能幸福。

李茉莉：我很幸福啊。

王心怡:你的心结要是一直不解开,就不会幸福。

李茉莉严肃地看着王心怡:姐姐,我,就是正在解它。

王心怡:可你不爱他却跟他结婚,不是又套上了一个新的结吗?

李茉莉:幸亏我了解你,要不,我会觉得你是个高中生。

王心怡:到了什么时候,也需要因为爱情而去结婚啊!

李茉莉:姐姐,我衷心地衷心地预祝你能遇到那个爱情并且结婚。好吗?我们都什么年纪了?都什么条件了?都什么情况了?还有,这都什么年代了?都什么社会了?都什么风尚了?你不知道?你还爱情!——姐姐,现在,不是我要不要从什么心结走出来的问题,而是你要不要从你那幼稚的少女梦里走出来的问题。知道吗?!

王心怡:这不是幼稚……

李茉莉:好了,我的亲姐姐,等有个白马王子有个高富帅有个都敏俊来到你身边向你求爱的时候,我一定鼓励你的爱情梦!

王心怡还想说什么,正端着菜来到客厅的小芬的一声惊呼惊动了大家:哇!风神——

王东东、欧阳笃带着一个男人和斌斌进来了。

那个男人，玉树临风帅气逼人风度翩翩绝对型男酷哥。

孟小亮也叫起来：林子豪？！

李茉莉也惊叫起来：这、这、这也太像了！这、这是模仿秀吧？！

林子豪跟大家招手：大家好！斌斌，跟大家打招呼。

斌斌的手在林子豪的操纵下举起来。

林子豪：咱俩怎么说好的来着？

斌斌：嗨！

大家笑。

王心怡的泪都快下来了。

李茉莉：心怡姐，这是你家斌斌吧？

王心怡：斌斌，叫阿姨。

李茉莉：哎呀，别折腾孩子了。哎，你是真的林子豪还是模仿秀啊？

王东东的情绪已经好了：当然是模仿秀了！

欧阳笃：东东！——这位真的是林子豪先生，如假包换。

林子豪：我叫林子豪，很高兴认识大家！

小芬再次惊呼，要求合影签名。

孟小亮也跟着热闹。

王东东也跟着热闹。

王中兵跟着起哄。

　　李茉莉也跟着。

　　欧阳笃跟着看热闹。

　　王师傅端着菜出来,一脸茫然,但看到新客人来了,也还是赶紧让座。

　　王心怡揽过斌斌给他擦脸洗手脱外套。

　　林子豪在应付大家的间隙总会深情地看着王心怡,并把斌斌的小暖壶以及他给斌斌买的一堆吃的玩的东西交给王心怡。

　　李茉莉看在眼里,惊讶万分:心怡!

　　王心怡伺候着孩子:啊?

　　李茉莉过来蹲下:这是真的吗?!

　　王心怡:什么啊?

　　李茉莉:这真的是真的吗?!

　　王心怡:你说什么呢。

　　李茉莉:大明星,你是看上我们心怡了吗?

　　林子豪笑笑:没看上。——是爱上。

　　李茉莉:天呢!!

　　王东东:啊? 韩剧啊!

　　孟小亮:看来确实一切皆有可能啊!

　　王中兵:嘿! 我有个明星妹夫啊!

　　小芬:哇! 今天,今天,绝对的——步步惊心啊!

　　王师傅,一直不是很参与大家的话语的王师傅,端着一盘菜,有些发抖地走向王心怡。

王心怡:爸你怎么了?

王师傅:闺女——跟我过来。

王心怡:爸——

王师傅把女儿拉倒一角,低声:闺女,你爹我,不迷信。可我,天天早上,都去雍和宫,给你烧香。闺女,爹没白烧啊! 你爹我看见了:好人好报啊。

一直笑眯眯的置身事外的王师傅,老泪纵横。

王心怡也落泪:爸,你,你说啥呢? 人家就是,就是来深入生活来了。您别当真啊。你这样,不是难为人家吗?

王师傅听到了晴天霹雳:是演戏啊? 不是真的啊?

林子豪听见了末句:伯父,大家听我说。

身后传来余老师的声音:你先听我说吧。

林子豪回身:是伯母吧? 伯母您好! 我叫林子豪,我今天陪斌斌……

余老师:你就是那个老同学吧?

林子豪:啊? 哦,对。

余老师:什么时候的同学?

林子豪:小学和初中。

余老师:你叫什么?

林子豪:林子豪。

余老师:你是干什么的?

林子豪：我是演员。

小芬：他是风神！他走到哪里哪里就刮风！

余老师：现在刮了吗？——有单位吗？

林子豪：有。中国国家话剧院。

余老师：这是一个什么性质的单位？

林子豪：什么性质？

王中兵：国话您不知道啊？国家级剧院！话剧的国家队！章子怡孙红雷都是那里的！

余老师：我不认为章子怡孙红雷和这事儿有什么必然的联系。我只是问：你单位是什么性质的？是行政单位还是事业单位还是企业？

林子豪：哦，事业单位。

余老师：你正式在编吗？

林子豪：签约的。

余老师：签约的意思，就是不保险。对吧？随时可以走人，是吧？

林子豪：也不是随时……

余老师：哦，我可能用词不当。抱歉。那就换个词：签约到期，就有可能被辞退。这样说，准确吧？

林子豪：对。是的。

余老师：我知道了。可以开饭了。

大家愣在那里。

王子梦突然出现。

王子梦:孟小亮。

孟小亮:到!

大家笑。

王子梦:你饿吗?

孟小亮:不饿。

王子梦:饿也就饿着吧。我想跟你单独谈谈。可以吗?

孟小亮:当然!

王子梦:那,我们到外面去吧。

王子梦说完就已经出了门。

孟小亮反应过来,赶紧不好意思地跑出去。又跑回来,匆匆拿了一本书一个本子一支笔,又匆匆跑出去。

王中兵:他拿本子笔干什么?

余老师:大家愣着干什么?坐下吃啊!

王东东:您这样问林大哥,是什么意思?

余老师:什么意思?没什么意思啊。呵呵。对吧?刚见面,总是需要了解了解吧?怎么,不合适吗?

王东东:你这不是了解!

余老师:那是什么?!

王心怡、欧阳笃:东东!

王心怡:快吃饭吧。

王东东:你这是破坏姐姐的幸福!

余老师克制着:哦?是吗?我问问哪个单位,就是破坏幸福了吗?难道一个人来了我的家,我都不能问一下吗?我没说什么啊。对吧?呵呵。

林子豪:东东,听姐姐的,吃饭吧。伯母问问情况,也是关心你姐姐。啊?快吃吧。来,坐这儿!

欧阳笃:呵呵。东东啊,在自己家,面对亲人,就撒娇嘛!呵呵。来,快坐下吧。我记得这个是你最喜欢吃的,对吗?

王心怡:东东,我们的话不管用,你老总的话总会管用吧?斌斌,来,跟姥姥挨着坐。给姥姥夹菜!

余老师这次倒也顺坡下驴:斌斌以后长大了再给姥姥夹菜。现在啊,姥姥给斌斌夹菜。姥姥最疼斌斌了。对不对啊?斌斌。

王东东:虚伪!

余老师"啪"一下子摔了筷子!"呼"地站起来!

李茉莉:伯母您能站起来啊?

余老师:王东东!你别给脸不要脸!人不能得寸进尺得陇望蜀没有底线!

王东东:我怎么不要脸了?!怎么没有底线了?!

余老师:你自己不知道吗?你今天……

王东东:我这就是不要脸了?!我爱他!何罪之有?!

欧阳笃:东东!

余老师:你说什么?

王东东:我、爱、他! 没听清楚吗?!

欧阳笃:东东! 别瞎说了! 伯母——

余老师:你、你爱谁?!

王东东:我想爱谁就爱谁! 谁也管不着!

余老师:我按照法律,最起码有知情权!

王东东:好! 那我现在就明确地告诉你……

王中兵、欧阳笃:东东!

王东东愣住。

王中兵:我这人,真不是爱掺合事儿的人。我这人,就是嘻嘻哈哈的人。我这人,就是不犯我我不犯人的态度。对吧? 你们觉得我没有责任感也好,没有进取心也罢,混吃等死也好,庸俗市井也罢,我确实就是这么一个人……

李茉莉:怎么说开你了?

王中兵:也是,跑题了啊。我的意思是:今天,我是想说一句东东啊,有些话有些事儿,不能想说就说,说了不如不说的话,就不说,就以后再说。

余老师:我不这么认为。一家人,一年了,聚在一起,就是为了总结经验教训,就是为了承前启后继往开来……

王师傅:过年,就是为了一个高兴啊! 来,都别说了,倒酒倒酒。小芬……

小芬一直在期待着王东东的答案:啊? 什么?

王师傅:拿酒去。

小芬:哦。可是,我很期待东东哥哥说他的爱到底谁啊? 虽说他刚才说了"同意",可我总觉得心里还是不落地儿,七上八下的,那叫什么来着? 就是龚琳娜那个……

斌斌:忐忑!

大家惊讶,大笑。

小芬:中兵哥哥,就让东东哥哥说了呗! 看看到底是不是——我。(羞涩不已)

王中兵:额(我)的神啊!

余老师:王东东,你,你爱的是……(指头哆嗦着指向小芬)

王东东:小芬——

余老师一屁股瘫坐下。

王东东:对不起,我刚才是,是说玩笑呢。请,请你原谅!

余老师缓过劲来:哦,开玩笑啊。小芬,对待困难,对待问题,你一定要学会面对啊! 啊?

小芬:我,总算不那个什么了……

斌斌:忐忑。

大家又笑。

王心怡:这是你今天教的啊? 怎么教这个?

林子豪:欢乐谷里那个喇叭上一直放这个音乐。

我就希望孩子能知道他听到的是什么。

小芬:我光做好了被东东哥哥拒绝的准备。

欧阳笃:那你为什么要表达?

小芬:我是听余老师的。

余老师:什么?

小芬:您不是告诉我吗? 要找到自己秀出真我!

余老师:一个真理,遇到了一个如此理解真理的人。

王东东:我觉得小芬没有理解错。那个所谓真理,原本就是这个意思。

小芬:不管是什么意思吧,反正,我为了我的梦想,努力了! 嘿嘿! ——王师傅,拿什么酒?

余老师:先别拿酒呢。……

王师傅对小芬:1573.

余老师:你说什么?

王师傅:这是我们的暗号。

余老师:什么意思?

王师傅:意思就是:凡是余老师提倡的,我们就要坚定不移地执行;凡是余老师反对的,我们就要咬牙切齿地打倒!

余老师:就那么几个数字,出来这么一堆含义?

王师傅:暗号嘛! 暗的! 里头藏了一大堆!

余老师:我想说什么来着?

王师傅对小芬:1573.

小芬终于听懂了,去拿酒。

余老师:你这人,最喜欢打断我的思路。思路,是人类最宝贵的财富!

王师傅:那你慢慢想你的思路啊。林明星——

林子豪:伯父您可别这么叫,就叫我小林吧。

王师傅:小林,我这眼神,和电视上的,对不上。你都演的啥啊?

余老师:你看,当老人的,不都是问嘛!

王东东:问和问不一样。

余老师:怎么不一样?都是了解情况嘛!

林子豪:我没演过什么太多。

王中兵:还不多?嚯!《亮刀》看过吗?

王师傅:看过。我就喜欢看这个。你——哎呦喂!是你啊?!叫啥来着?

王中兵:李龙云嘛!

李茉莉:还有《露头》里的余则灵!

王师傅:哎呦喂!

王东东:还有《贾嬛传》里的那个……

林子豪:那个"传"!

大家笑。

王东东:还有《八世同堂》里的大赤包。

大家笑。

余老师:哎呦,八世同堂? 够挤的可。

李茉莉:阿姨其实很幽默啊!

余老师:幽默? 八世同堂,这很触目惊心啊! 这是社会问题啊! 怎么是幽默呢?! ——一共多少平米啊他们?

大家愣了一刹那,然后大笑。

小芬正好拿出酒来。

【舞台开始旋转。

王师傅:哎呦喂!

余老师:你哪儿疼啊是怎么的?

王师傅:这可真是名角啊! 搁过去,那可真是——

王中兵:搁现在那也是——

余老师:搁现在,就都是为人民服务嘛!

王中兵:我的神啊!

余老师:什么神啊神的? 无神论都多少年了?

林子豪:伯母说得对。

【舞台旋转到了单元外的小花园。

孟小亮一手拿着书,一手在本子上写写画画,一边和王子梦说话。

王子梦:我脑子有些乱,刚才我们说什么了?

孟小亮抬起头回忆:您讲了您从小三好学生的辉煌履历。顺叙讲到了您小学六年级。中间还穿插了我小时候母亲去世的煽情故事。

王子梦:你不是在记录吗?怎么问你,你却望着天回忆呢?

孟小亮:这书本子笔都是道具啊!

王子梦:道具?干什么用的?

孟小亮:这样,看上去,不就是学生在向老师请教吗?这是您家门口啊。

系主任夹着春联糨糊路过:嚯!大过年的,王老师你们还在用功呢?

王子梦:主任。

孟小亮:没办法,我快答辩了,又笨,就缠着王老师呗!主任您可要给王老师发奖金啊!

系主任:呵呵!没问题!发发发!

系主任过去了。

孟小亮:怎么样?管用吧!嘿嘿!

王子梦有些震动地看着他。

孟小亮:王老师,您接着说。该初一了。

王子梦:不。

孟小亮:哦,还有小学毕业后的暑假没讲呢!粗心!

王子梦笑了:你就贫吧!

孟小亮笑了。

王子梦渐渐收起笑容。

王子梦:孟小亮——

孟小亮:……

王子梦:其实,我把你叫出来,我自己并不知道我想谈什么。我脑子很乱。

孟小亮:看来我还是有冲击力的啊。嘿嘿。

王子梦:胡说。要是说我想说什么,那就一点:谢谢你。谢谢你让我在四十岁上,看清楚了自己。

孟小亮:你还不到四十岁呢!你是十二月的生日,还差整整一年呢!

王子梦看着他,突然哭了。

孟小亮:院长来了。

王子梦马上收住了哭,赶紧擦干眼泪,然后四处寻找:哪有啊?

孟小亮:抱歉,是我刚才产生了幻觉。

王子梦:孟小亮!

孟小亮一脸恶作剧的笑:您说。

王子梦也噗嗤笑了:你真讨厌啊!

孟小亮:终于被你看出来了。唉!

王子梦又想哭又想笑,又想去打他又觉得不合适。

孟小亮看着她,爱恋不已。

王子梦:哎呀,我怎么这样啊!我把你叫出来到底是想干什么都忘了!都是你!

孟小亮:你这是被雷击了。

王子梦:雷?

孟小亮：又名爱情。

王子梦：你不觉得一个四十岁的女人对一个二十多岁的小伙子如此这般，很恶心吗？

孟小亮：很恶心。

王子梦：你——

孟小亮：可是再恶心也只能认了。

王子梦：你二十多的时候，我四十；你三十多的时候，我五十；你——

孟小亮：我二十多的时候，你三十多；我三十多的时候，你四十多；是这样。

王子梦：女人，不经老。

孟小亮：我不能保障我以后是不是能够一直爱你。要是对于别的女人，我不会这样说。但你是一个可以让我说这样的话的女人。是的，我无法保障。但是，一个人的一生，就是由众多片段构成的。我们不能因为害怕之后的某一个片段的负面而放弃前面这些片段的幸福。和从来没有幸福相比，有过幸福总是更值得的。

王子梦看着他。

孟小亮：再说，每个人，就是在爱的指引下不断和失去幸福的种种危险去博弈。这或许就是人生原本的任务。人也就是因为这些危险和这些博弈而变得越来越完善和美好。而你越完善越美好，留住爱情的几率也就更大。

王子梦：这些话，说得好。

孟小亮：这是你说的。

王子梦：我吗？

孟小亮：现在，到了你自己去实践你的信条的时候了。如果你同意，我愿意和你一起去完成这个人生的答辩。

王子梦彻底愣在那里，心潮起伏。

孟小亮静静地看着她，等着她。

音乐起。

【舞台旋转到客厅。

大家在笑。

余老师：我想起来了！

王中兵：想起什来了？

余老师：我的思路啊！被王师傅打断的思路啊！

王中兵：忘了就忘了呗……

余老师：别说话！我的思路是：工东东，你爱的，到底是谁？！

王东东：怎么又回到我这儿了？

余老师：那不还是王师傅的问题。是谁？你刚才只是否定了对小芬的爱，可还没说到底是谁呢。

王东东：您真想知道？

余老师：我有知情权。

王东东:那——

王中兵:余老师,我那敬爱的余老师,东东这事儿啊,你不要这么逼着问,他还是个孩子,三天猫两天狗的,您费这个心干嘛呀?再说,你这大儿子我和未婚妻都来了半天了,排队也该是我们优先吧?我们还等着你的核查呢!你不签字不盖章,我们这心里不踏实不是?

余老师总算是听人劝了一回:需要我核查?

王中兵:太需要了!您要是不通过,那——是吧?

李茉莉:伯母,辛苦您了。要不,我陪您去您房间,您好好核查核查?

王中兵:对!拿出核查失联客机的架势来!大海捞针也要捞!鸡蛋里挑骨头也要挑!

余老师已经起身了,李茉莉已经搀扶上了,余老师已经走到自己的房间门口了,又突然停下来,回头问王中兵:不对啊!

王中兵:怎么了?

余老师:大海捞针是形容困难度;鸡蛋里挑骨头是说苛刻。我不怕困难,这我承认。但我苛刻吗?!

王中兵:您——您当然不了!绝对不!谁说您苛刻了?我跟他没完!我您还不了解?用词不当!用词不当!余老师别跟我一般见识。

余老师满意地和李茉莉进了自己的房间。

欧阳笃:来,抽支烟!

王中兵:哇!限量版珍藏款啊!我就知道您一定是深了去了!

王师傅:你先帮我干点儿活儿再抽那高级烟。来。

王师傅起身去了阳台。

王中兵冲欧阳笃苦笑:看见我的地位了吗?纯粹一个催办儿!您坐啊!大明星,你们一定有很多高档次的共同语言!

林子豪和欧阳笃笑笑,示意他去。

【舞台随着王中兵旋转到了阳台。

王中兵:什么指示啊?

王师傅把门关上,神情有些异样。

王中兵:怎么了?

王师傅:中兵,那个娘不是你的亲娘,可我这个爹是你亲爹。你的,明白?

王中兵:我的,大大的明白!

王师傅:我不跟你开玩笑。——我问你,你要跟我说实话!

王中兵:——嗯!

王师傅:你答应我!

王中兵:嗯!我答应!

王师傅:东东,他爱的,是谁?

王中兵:……

王师傅：说啊。

王中兵：您先坐好。

王师傅：这阳台上，我坐什么啊坐？快说吧。

王中兵：你最近，身体还成吧？

王师傅：我不是你妈！看我这腱子肉！你能比吗？要不要我给你来个后空翻？

王中兵：那您可就听好了。

王师傅：嗯！来吧！

王中兵：您这是要打我？

王师傅：少废话！快！

王中兵：东东，爱的人，——比他年龄大些。

王师傅：大？大就大吧。

王中兵：身高跟他差不多。

王师傅：高？高就高吧。

王中兵：有钱。

王师傅：有就有吧。

王中兵：肌肉，跟您有一拼。

王师傅：拼就拼吧。——肌肉？跟我有……

王中兵：可能比你还厉害，我没看见光身子的，我猜的。

王师傅：还有啥？你一口气说了吧！

王中兵：那个人——怎么说呢？——生理构造，和你我一样。

王师傅:生理啥?

王中兵:构造。

王师傅:——构——?!

王中兵:您没理解错。

王师傅:老爷们?!

王中兵:这词儿太土。应该叫时尚大叔。知道大叔吗?大叔控,现在很流行的。

王师傅:就是那个——

王中兵:对,就是屋子里坐着的那个限量版珍藏款!

王师傅彻底傻掉。

第四幕

【以下部分，可能需要用灯光明灭来切换场景了，旋转舞台有些来不及，节奏会被破坏。因为是几个部分交叉进行。

A区：余老师和李茉莉。

李茉莉：那好，我就向您汇报一下我的情况啊。
余老师拿出本子笔和老花镜开始记录：谈不上汇报，就是沟通。人和人，最要紧的就是沟通。
李茉莉：是，呵呵。我的情况，别的，也没什么太可说的。就是在大专毕业，学经济管理的。毕业后，做了保险。一直到现在。开始是跑业务，后来，就成了主管。现在，算是比较轻松了。我觉得可能需要特别跟您汇报的,就是我的家庭。

余老师:经济管理大专,对吧?

李茉莉:对。我知道,大家常常觉得这个学历这个专业有些混天度日,但就我个人来说,还是很用功的,还是学到了东西。我觉得自己笨,就要多学才是。

余老师:跑业务,就是到处敲门推销保险吧?

李茉莉:对。确实是个让人讨厌的工作。我开始也这么觉得。但是,后来,有一个老大妈,辛苦了一辈子攒下的一个小房子失火了,房子变成了灰烬。我为大妈到处奔波,终于,就是因为我的保险,大妈获得了高额赔偿。当大妈拉着我的手、流着感激的泪花跟我说谢谢的时候,我,改变了我对这份工作的看法。也许,就是这样的力量在鼓励着我做到现在。(欲落泪)

余老师真的有些被感动:好,不错,有这样的觉悟的年轻人,好!我们的下一代,有希望啊!

李茉莉:没什么。我想,一些传统的东西,确实不能丢。我们年轻人,就是一点要继承老一辈的优良传统才是。

余老师:说得好!说得好啊!

李茉莉:所以,在我还很年轻的时候,还不到二十岁的时候,我做了一件事情,就是这件事情,让我在爱情上屡屡受挫。(又欲落泪)

余老师：说吧，我相信你。

李茉莉：谢谢伯母。我，那年，是个冬天，我放学的路上，看到一群人围着。我年轻好奇，挤进去一看，原来是一个被遗弃的孩子，是个女孩子。孩子的小脸儿，已经被冻得发紫了，嘴唇发白，那双美丽的大眼睛眨呀眨的，看着我。对，她就是在看着我，好像，好像在看着她的妈妈。我不知道哪里来的力量，我就抱起了这个孩子，我就成了她的妈妈。直到现在。（泪流满面）

余老师彻底相信了被感动了：你真的、真的太可爱——不，不是可爱，是可贵！你就是当代雷锋啊！

李茉莉：伯母，这可不敢当。但是，我确实在想，一定要给这个孩子一个稳定的幸福的家庭。从认识中兵以来，我们的感情确实越来越深，但是，不怕您生气——

余老师：说！大胆说！我这个人，从来不护犊子！我从来都是讲求公平正义！

李茉莉：我看出来了，所以才敢跟您说。中兵呢，什么都好，就是花钱大手大脚，实在没有计划。您知道，过日子，这可不行。所以，说实话，我真的想和中兵结婚，和孩子好好过日子，可是，说实话，我又怕——

余老师：你说得很好，说得很对！这不难解决！你们这个小家的所有经济大权,全部交给你就是了!

李茉莉:这可不行吧?所有的经济大权,那就包括房子啊车啊银行卡啊,都在里面了。要是这样,我怕别人说闲话……

余老师:怕什么?我告诉你!我就从来不怕闲话!说自己的话,让别人走路去吧!——不对,是走自己的路让别人说去吧!对不对?这样吧,我来做主!你这样的孩子,我喜欢!

李茉莉:伯母,说实话,不怕您笑话,我其实,其实一见到您,我就特别想喊您一声——妈妈!(又泪下)

余老师也泪奔:孩子!

李茉莉抱住了余老师。母女俩人抱头痛哭。

聚光灯里,李茉莉抬起头,在余老师看不见的空间里,发出胜利的笑意。

B区:林子豪、王心怡和斌斌。

王心怡收拾完碗筷,从林子豪怀里接过斌斌,安排在旁边的沙发上,让他休息。

林子豪:今天,我就是来再次向你表达我的心意。还有,希望你的家人接受我。

王心怡:我心领了。

林子豪：你为什么不能接受我呢？你看到了，斌斌也很喜欢我。

王心怡：我早说过了，不合适。

林子豪：怎么不合适？

王心怡：不合适就是不合适。

林子豪：你是说我的条件吗？我觉得这真的没什么啊！所谓演员，无非就是一份工作，和一个工人一个教师一个司机没有什么区别啊！就是一个普通人啊！

王心怡：我知道。

林子豪：那不就没事儿了吗？

王心怡：问题不在这儿。

林子豪：那在哪儿？

王心怡认真地看了林子豪一眼，想了想，说：林子豪，你一定知道，可以说几乎很多女孩子，当她们看到你，就会喜欢上你，更不用说你向她表白了。这些女孩子里，其实，包括我。

我就是一个普通人，我不可能在我这个现状里却能够得到你这样一个人的表白而居然不动心。不会的。我也喜欢看韩剧。我也喜欢都敏俊。我看到千颂伊面临危难的时候大喊着"都敏俊救我"，而都敏俊真的从天而降，我，真的是，泪流满面。

你们搞艺术的，可能觉得我肤浅。是的，我就是这么肤浅。我就是做梦会有一个高大帅气的男人来救我。而你,真的来了。而且,居然还那么喜欢斌斌。我还求什么呢?我做梦都不敢做这么美的梦啊!

可是,我不能答应你。因为,你太像梦了。而梦,当一睁开眼,就会没有了。

咱俩是同学,我知道你从小就是那么健康,不管是文艺还是体育,不管是学习还是劳动,你都是那么出色。你那么顺利地考上了戏剧学院,你还没毕业就已经成了大众偶像。林子豪,在我看来,你真的是完美,只是,你没有生活过。

你知道平凡的艰难的琐碎的生活是什么滋味吗?你能应付吗?

还有,你已经习惯了在戏里和各种美女进行着最动人的爱情故事,你能习惯和我这么一个普通到家的女人过着毫无戏剧可言的平淡日子吗?

人,生下来,就是有品种的。你生来就是在天上的,就是被人当成梦的。而我,在这样日新月异的时代里,注定就是被忽视被遗弃的蚂蚁。你能想象一只蚂蚁和一只雄鹰的婚姻生活吗?

林子豪,我已经生活在了最底层,我只剩下了斌斌,还有爸爸,还有作为梦的你。要是咱俩真的生活在了一起,早晚,你会把我的梦夺走。而且,斌斌可能已经习惯了你带给他的优越生活,已经无法再和我一起回到倒三路公交车穿过整个北京城去扎针的生活了。那样，你也夺走了他的梦，甚至，他的命。

林子豪，我当然不是有学问的人，但我还算是爱瞎琢磨。我觉得，爱情，真的确实是太美好了，美好到了太纯粹，美好到了太脆弱。它经不起这么多，也不应该经得起这么多。

你对我好，你对孩子好，我们也喜欢你，你给了我们一个太美好的梦。不要亲手把这个梦夺走。好吗？

林子豪：……

王心怡：和你一起过个年，我真的很高兴。就这一次，就足够了。以后，要是斌斌想你了，要是你有空，就再带着他去几回欢乐谷。就可以了。——就这样吧。好吗？

林子豪泪流满面。

C区：王东东和欧阳笃。

王东东：你今天，怎么了？

正在玩 ipad 和用 iphone 发信息的欧阳笃：——啊？没怎么啊。

王东东：你不在状态。

欧阳笃：我怎么不在状态？

王东东：你平时不是这样的。

欧阳笃：这是在你家，在过年，我只是一个普通的客人，能跟在公司开会一样吗？

王东东：不，不是这个问题。

欧阳笃：那是什么问题。

王东东：你不是这样的人。这样消极，这样游离，这样介入感差。你遇到问题总是会想到最好最积极的解决路径并且积极投入。今天，你真的有一些心不在焉。我说错了吗？

欧阳笃：今天，我只是来让大家认识一下，没有什么具体的目的，也就不存在什么积极不积极。再说，又不是我一个客人，大明星都来了，我不应该以我为中心地高调。我的目的就是不要给大家留下负面的印象，仅此而已。

王东东：我知道了。

欧阳笃：我看，等你母亲姐姐他们都回来了，我小坐一会儿，就该撤了。

王东东：你想和谁去过年？

欧阳笃：这不是和你吗？

王东东：吃晚饭、听12点的钟声，才算一起过年。

欧阳笃：这是谁的定义？

王东东：这是中华五千年劳动人民的定义！

欧阳笃：好好好。你说得对。

王东东：你答应留下来了？

欧阳笃:你能不能成熟一点点儿?这过年了,你也长大了一岁了,不能总是这么任性这么幼稚这么——

王东东:这么讨厌是吧?!

欧阳笃:累死我了。

王东东:感觉到累了?呵呵。好,感觉到累了就好,就说明问题了。

欧阳笃不再搭理他,继续玩 ipad 和 iphone。

王东东突然起身,一下子把欧阳笃的 ipad 和 iphone 夺过来,摔在了沙发上。然后,王东东气恼地把自己也摔在沙发上。

欧阳笃半晌没动弹。

D区:王中兵和小芬。

王中兵:小芬。

正在准备饺子的小芬:中兵哥你想吃什么馅的?

王中兵:小芬你说我这辈子是不是很失败?

小芬:失败?你咋了?赔钱了?

王中兵:你为什么要跟东东表白?你不是说你只做好了被拒绝的准备吗?那还表白什么?

小芬:我爹说过,人各有命。我的命,就是到跟东东哥哥这样的男神说说心里话,到这里就不能再往下想了。人家说,一家三代才能出来一个贵族,我这是第二代,就负责从山沟里来到北京这样的城市。这是我的命。不知道有多少姐妹连这样的命都捞不着呢!我们村的小姐妹,好几个,小丽小红小娜,都是嫁给了又老又秃又瞎又瘸的老头子呢。

王中兵:为什么要嫁给这样的?山村里就没有小伙子了吗?

小芬:都进城了。就算有,也都穷啊!你在北京,不知道下头的难处。你想,谁家没有爹娘?谁的爹娘上了岁数不生病?生了病咋办?都是一个孩子,那就指望这个孩子呗。可这个孩子,像我啊小丽啊她们,从小教育不好,上学难,就只能退学去挣钱。你退学,你就没学历。你没学历,你就只能挣钱少。你挣钱少,你爹娘又急着用钱救命。那你咋办?不就剩下嫁给有点钱的人这一条路了?你嫁了人,还能跟你喜欢的人表白?那不成破鞋了吗?你要是嫁人前遇不到像东东哥哥这样的男神,可不就连表白的机会都没有?你说,我都能表白了,不就是赚了吗?嘿嘿。

王中兵:你还能觉得有个神啥的,我心里,真的没有啥神。关了灯,都一样。

小芬:不关灯的时候可不一样啊!

王中兵:你不知道冯小刚电影里的那句话?审美疲劳。不关灯,就审美疲劳。

小芬：那还是不一样。有的，你一下子就疲劳了啦；有的，还能多撑些年呢！还有的，能撑一辈子呢！

王中兵：最后还不是都一样。

小芬：就是不一样！你买了个手机，一个，用了一天就坏了；另一个，用了十年还没坏，怎么能是一样呢？

王中兵：小芬你其实很有脑子啊！当保姆你真屈才了。

小芬：不当保姆才屈呢！你想啊，像余老师这样有学问的人，像东东哥这样的男神，你要不是当保姆，能这么近地接触？你要是去给他们当学生，还得交钱；你当保姆，不仅学了东西，还他们给你钱。我早想明白了，保姆，要是给有本事有档次的人当保姆，就是最赚的工作了！

王中兵：你不嫌余老师烦啊？

小芬：不嫌。是人就都有毛病。她就是爱唠叨，可她唠叨得比我们那些村里的人唠叨得要有道理得太多了。我爱听。再说，你挣人家的钱，还不哄着人家？还能老是挑人家的毛病？

王中兵：你，你们，其实都比我明白啊！

小芬：对了，你刚才咋的就说你失败了呢？

王中兵：今天，看见你跟东东表白，看见孟小亮跟王子梦表白，看见东东跟——我开始觉得很好玩很热闹,后来,不知道怎么的,我就突然觉得,你们每个人,都很有目标,很带劲,只有我,天天很潇洒,可其实天天不知道在干什么。

小芬:今天来的那个,不是你的女朋友吗?很漂亮啊!那不是目标吗?

王中兵:我就是因为这个,我才这么觉得。

小芬:啥意思?

王中兵:我总是觉得,她不是我的目标,而我是她的目标。

小芬:那不好吗?说明她喜欢你啊!

王中兵:不,她不喜欢我,我只是她的目标。

小芬:瞧您说的,她不喜欢你还拿你当目标?

王中兵:你家里那些女孩子不就是嫁给那些她们不喜欢的老头子了吗?

小芬:她图你钱?

王中兵:好像是,好像又不是。

小芬:中兵哥哥,你怎么跟我说这些?这么复杂的问题,我可说不好。

王中兵:不知道,我只是觉得和你说话的时候,我最放心,最踏实。

小芬:我也是!

俩人突然愣在那里。

B区:林子豪、王心怡和斌斌。

林子豪:心怡。

在包饺子的王心怡没说话。

林子豪:你说的话,我都听进去了。你说的,有道理。刚才,我被你说懵了。我甚至都觉得或许就是应该按你说的做才是正确的了。

可是,现在,我想明白了。咱俩,确实有着很多差别,但如果说差别,其实主要就是差别在人生观价值观世界观上。这个所谓的三观,说起来好像虚头巴脑,但其实真的很要紧,它其实在管控着人的每一个具体的言行,就好像一出戏的主题思想一样。

人生,究其实,确实是没有意义的,你想,人总是要死的,死了,一切都没有了,还有什么意义?但是,正因为这个没有意义,所以,它就像一张白纸。每一个人,就都可以按照自己的意愿去读解;每一个人,就都可以按照自己读解的意义去生活。也就是说,每个人的任务,就是在原本没有意义的人生白纸上强行涂抹上自己的色彩。

我们的差别,就是我们涂抹的色彩不一样,甚至是南辕北辙。我的色彩,或许就是如你所说,我生活得比较顺利和健康,所以,就涂抹上了比较明亮的色彩;而你的,则因为你遭遇了太多不公平,所以是比较消极的色彩。

你看,凡事,还没开始,你就会看到它最可怕的一面,并且,还会因此放弃努力,还会因此甘愿只去守护着现有的可怜的所得。这样做,就是消极的。

是的,我们必须看到所有事物可能的负面可能的困难可能的失败,这种预警,确实很有必要。但是,任何预警,其目的无非是为了更好地去获得胜利,而不是为了退缩和放弃。

就拿我来说,对于你,确实可能会觉得我有些难以掌控,什么和女演员在戏里亲热啊,什么经常参加一些红地毯绿地毯啊。是,我不否认,这就是我的工作。但是,你有没有看到事情的积极的一面?比如,我的工作,不仅是和女演员亲热,那样的戏,占整个创作很少的一部分,你又不是没看过电影电视剧,你去数数,这样的镜头其实加起来才占一个戏的多大比例?更多的戏,不是这样的,甚至是非常艰苦的,甚至有的艰苦是连你都没有尝试过的。

有一次,一场战争戏,要求我们在一个小水沟里伏击敌人。你知道那个水沟是什么样的水沟吗?不仅有什么工业废水生活废水,而且,有蛇,有老鼠,有死狗死猫。我就是趴在那样的水沟里,整整半个晚上啊!

如果你认为和女演员亲热的戏会让我心生邪

念,那么,你就应该觉得这样的戏让我又心生伟大。起码,可以抵消了那邪念吧?

还有,你想过没有,我为什么会想你求爱?我是在玩弄感情吗?你觉得选择你这样的人来玩弄感情,我是不是有些太愚蠢了?

还有,你想过没有,什么样的人真的视金钱如粪土?一定是真正有钱的人;那什么样的人才会知道自己的真爱是什么?我记得看戏曲《西厢记》,那戏,大家都可能看过。我不是贬低那个戏,我是想:那个姓崔的小姐,一看见那个姓张的书生,就爱上了。她从来没有见过、起码很少见过男人,所以,来了个姓张的,她就一下子喜欢上了,那要是来个姓李的呢?会不会也一样?我觉得,都说现代人的感情不靠谱,离婚率高什么的,但是,其实,现代人普遍要比过去的人更加懂的自己到底是谁、想要什么,起码,更多这样的思考。这不好吗?这难道不是文明和进步的表现吗?我喜欢我的工作,其中最要紧的原因,就是这个工作确实能去体验更多的人生。一个体验了更多人生的人来跟你求爱,难道是更不靠谱的吗?

更要紧的,不是我靠谱不靠谱,而是你。当然,你是好人,这我知道,我也正是因为你这颗金子般的心才来向你表白。但是,你只顾着怀疑我的爱,那你有没有检点你自己:你爱我吗?你考虑过我需要什么吗？你愿意为我考虑吗？我每次回到家，真的不愿意离开这家半步，除了拍戏，我其实完全就是一个宅男，为什么呢？就是渴望家的稳定和温暖。先抛开我对你的爱不谈，单说我的需要，你不爱不觉得我最需要的，就是一个稳定温暖的家吗？而你，不正好是符合这个需要的最佳人选吗？我可以接受你因为我而结束，但我不希望只是因为观念的错位而遗憾。

所以，我希望，给你自己一次机会，给孩子一次机会，给我一次机会，或许我们一定会遭遇各种各样的困难，但是，人生来，不就是解决困难来了吗？只要我们一起努力，一切，都会好的。你真的不愿意接受这个任务吗？

轮到王心怡静默了，她真的被震撼了。

E区：王子梦和孟小亮

王子梦：我现在，真的来不及考虑是否爱你。我还是一直沉浸在自己的悲伤里。我就是生自己的气：我怎么努力了这么多年，竟然还是活脱脱的一个余老师？气死我了。

孟小亮：你为什么对这样的自己，或者对余老师这么厌恶呢？

王子梦：炸油条的不喜欢吃油条吧。

孟小亮：您也会说民间俚语啊。

王子梦：反正，这个母亲，对我来说，就是一个噩梦。她不是我的亲生母亲，你知道吗？但我从小就是她带大的。她的渊博学识，她的理直气壮，她的真理在握，她的铿锵有力，她的振振有词，她的清晰思路，她的永远代言正确，她的发型，她的眼镜，她的眉，她的脸，总之她的一切，都让我，真的是厌恶，已经到了生理性的层面。我经常羡慕别人的母亲，那种平凡的、甚至庸俗的、琐碎的、甚至愚钝的母亲。我常常想，母亲无才便是德啊！呵呵，我这么一个看上去去女权主义的人，居然在骨子里还在信奉这样封建的教条。

孟小亮：我理解。我母亲就是你羡慕的那样的。我母亲最常说的话，就是"回家了，吃饭了"。小时候，不觉得这句话有多么重要多么温暖，好像母亲生来就是负责说这句话的。后来，我初中时第一次离开了家区上学，第一次回到久违的家，我站在街头和人说话，突然就听到了这句话，"回家了，吃饭了"。——现在，我已经听不到母亲的这句话了。母亲，也许真的不需要什么学识或者超人的能力，她就是给我们儿女带来温暖的那个人。只要是母亲在，你就可以回家，吃到母亲做的饭。

王子梦：你真幸福。

孟小亮：可是，我同时也有一个我很不喜欢的父亲。

王子梦：他什么样？

孟小亮：就我这样。

王子梦：这不很好吗？

孟小亮：这是你的看法。就像我看你。

王子梦：……

孟小亮：你眼中的我，可能是阳光健康甚至成熟得体。可是你知道吗？我虚伪。真的。我虚伪。虚伪，几乎成为了我的一个习惯。我明明在厌恶着这个人，却满脸的笑意、满脸的热情和诚挚。我厌恶我的这个样子。我父亲，就是这样的一个人。他是个官员，一个市税务局的副局长。到现在，我还是不知道他心里到底是个什么样的人。彻底的虚伪——只有看到你，跟你在一起，我就莫名其妙地放松，我觉得我可以在你这里放肆，可以展示我的一切。也许，人就是这样，自己拥有的，不知道珍惜，总是渴望和自己不一样的东西。可能，这就是男人爱女人、女人爱男人的原因吧。

王子梦：要是男人爱男人，你怎么看？

孟小亮：你说同性恋？

王子梦：对。

孟小亮：现在很多啊。

王子梦：你怎么看？特别是，要是你的亲人是这样的人，你该怎么做？

孟小亮：我以为这样的问题，你不需要问别人。

王子梦：原来我也这么觉得。现在才知道，我之所以知道怎么做，只是因为那些人不是我的亲人。

孟小亮：哦。我知道了。

王子梦：你知道什么了？

孟小亮：我知道——该怎么做了。

王子梦：你真的虚伪啊。

孟小亮：要是他喜欢的，是一个女孩子，你知道该怎么做吧？

王子梦：当然。

孟小亮：那就那么做吧。

王子梦：？

孟小亮：一样的。和他爱上一个女孩子一样的。

王子梦：怎么可能？先不说我，还有我的爹娘呢！他们怎么可能接受？

孟小亮：无非是需要时间和你的斡旋罢了。

王子梦：你真的——可怕。

孟小亮：也就是说：你开始不把我只当成一个乖乖学生了？那，我们就很有希望。哪怕你觉得我可怕。

王子梦：天！

孟小亮：遇到敌人了吧？

王子梦:我才知道我真的很笨。

孟小亮:知道就好。

王子梦气得想打他,来人了,还是那个系主任,孟小亮刹那间就变成了那个捧着书本请教的学生:王老师,最后您再跟我讲讲呗:推动人类文明进程的过程里中,到底会遭遇哪几种障碍呢?——呦!主任老师,您好!

王子梦完全反应不过来。

孟小亮:主任老师,您给我讲讲呗!王老师很有些不耐烦了!您不能给她发奖金了!

王子梦:主任。

系主任:你是我见过的最用功的学生了!王老师真是会培养学生啊!——问题是什么?

孟小亮:哦,是人类文明进程中会遭遇的障碍有哪几种?

系主任:嗯,这个问题确实是个大问题啊!很重要!很有历史意义和现实意义啊!是吧?

孟小亮:对对对!主任您一说就说到点儿上了!一语中的!

C区:欧阳笃和王东东。

王东东在沙发上起身,看着还在沉思的欧阳笃:

对不起,是我不好。不要生气好不好?

欧阳笃:——没什么。我,习惯了。

王东东:你说实话,是不是有些后悔了?

欧阳笃:……

王东东:不要骗我!

欧阳笃:是。

王东东傻了。

欧阳笃:我之所以喜欢你,主要是我经常觉得我老了,我需要一个比我健康比我青春比我具有生命力的人来感染我鼓励我。你是青春,青春逼人。但是,你实在是不健康。我理想中的男孩子,应该是豁达的甚至是有些愚钝的,不要那么敏感,不要那么计较,不要那么像一个女孩子。可是,遗憾,非常遗憾,只要是能接受一个男人的男孩子,就差不多其实是个女孩子的心理。这是我的、也是我们这种人的莫大的悲哀。我希望我的爱人,是和我并肩战斗的,而不是一个——

王东东:累赘。是吧?

欧阳笃:……

王东东:——我知道了。谢谢你坦诚相告。你走吧,趁我还没发疯。

欧阳笃:东东——

王东东一下子突然爆发了:走!!! 我让你马上

走!!!

【瞬间,照亮舞台的灯大亮。至此,分区域的表演段落,结束。

所有人,都被这个喊声给弄到了客厅里。

斌斌被吓得大哭起来。

王心怡:东东,怎么了?

余老师:王东东,你怎么了?

人们,有几个是知道了猜到了真实原因的,他们的表现要沉定些:王师傅、王中兵、王子梦、孟小亮,当然还有欧阳笃。有几个是因为身份和关系而置身事外些的:李茉莉、林子豪。

王东东努力平静地:欧阳老总,您不是还有事吗?您不是还要和您喜欢的人去过年吗?我们就不留您了。

王中兵:东东这是听欧阳老总说走,觉得不高兴了呗!欧阳老总,您再坐会儿呗,饺子说话就熟了。东东是留您的意思,他没拿您当外人——

欧阳笃:没什么没什么,我们公司的企业文化就是这样的,希望大家跟家人一样。呵呵。那我走了,给二老、给大家拜个早年!祝大家春节快……

王东东:祝您早日找到您的真爱!

孟小亮:东东,走,咱俩到那屋打游戏去!我带来一款新的……

王东东:少来!那屋那屋!哪屋啊?!怎么,你们已经成亲了?这已经是你家了?!

王心怡:东东——

王东东:凭什么?!你比我还小两岁,你就愿意喜欢谁就喜欢谁,大家还都要祝福你们!而我,为什么不能?!难道就是因为我爱的是一个男人吗?!

晴天霹雳。

余老师喊了一声"天哪"晕倒。

大家抢救余老师。

斌斌大哭。

尾声

春节晚会的歌声笑声从邻里邻居那里传来；

鞭炮四处炸响；

偶尔有礼花在不远处绽放。

王师傅，守着已经醒过来但还是心绪难平的余老师,给她喂着水、捋着手、按摩着肩头腿脚。

余老师跟死过去一次一样,眼睛直勾勾的。

王师傅：好了,好了,不难受了啊！医生刚才说了,就是临时眩晕,没事儿了啊！

余老师自言自语地：这是我的亲生儿子啊！我的教育是很科学很严格的啊！为什么啊?！

王师傅：你说得对！可教育的作用也不是万能的啊。

余老师突然歇斯底里地喊出来：这是我唯一的亲生儿子啊！

王师傅:——再亲生的,再唯一,他也是一个人,一个已经比你个子高身体壮的大人了。一个人,有他自己的命。咱呀,管不了那么多。子孙自有子孙福。管不了,就不要管。古人说得好,治大国犹如炒小炒。一个国家,都不必那么操心,何谈一个小家?你呀,就是太较真。凡事,看得开些,放松些,事情不一定就是你想的那样。你看啊,王中兵带来这个,叫李茉莉吧,你喜欢得不行了,都说成雷锋了,其实呢,人家心里想什么,他俩到底怎么样,咱不了解;东东这个事儿,确实很意外,但是,毕竟他还小,也许,经经事儿,也好;大闺女,有那么棒的小伙子来求爱;二闺女,连名角都招来了。看着很好,但也不一定,谁知道以后呢?就像当初我娶你的时候,你想,我能娶到一个大学生,还漂亮,那不是纯属天上掉馅饼吗?可后来呢?谁能想到这么——美满?

余老师:你是说一切皆有定数、从而证明我所有的认真努力原本都是可笑的吗!?

王师傅:人一辈子啊,不认真,不成,太较真呢,也没法过。看看哪些是原则问题,哪些不是。咱现在,原则就是:好好吃饭,好好睡觉,好好锻炼,好好活着。

余老师:那不就是个猪吗?

王师傅:怎么是猪呢?谁见过你这么有学问有风采有魅力的猪?

余老师又沉浸到了儿子的事情里:天啊!这到底是怎么回事啊!?对了——是孩子在跟我们开玩笑吧?啊!?

王师傅:你当成玩笑就可以了。出去吧,马上十二点了,朱军董卿该数数了!孩子们该给你拜年了。

余老师:不,不是玩笑。是事实,残酷的事实。——好在,我余老师不怕!我从来就不怕面对残酷!

王师傅:哪有那么残酷?放心,一切,都会过去的。就跟这年一样,难过好过都是过,干嘛不高高兴兴地过?

余老师:高兴?你看到这样的情况还高兴?!

王师傅:高兴这东西,其实全靠自己,你想高兴就高兴。

余老师:人的情感情绪是客观事物的反应,怎么能这么唯心论呢?

王师傅:那好,我给你看个客观事物啊!

王师傅立刻跳起了他独有的"王师傅舞",一个集民族舞蒙古舞街舞芭蕾舞杂技于一身的挥洒自如的舞蹈。

余老师看着,看着,渐渐地,有些动容,也笑了一下。

王师傅假装一不留神,倒在地上,晕过去。

余老师惊呼,起身,扑倒王师傅面前,喊叫。

孩子们想敲门推门,进不来。

余老师:你不能先走啊!你走了,我什么都不会啊!其实,也就是你能忍受我!我知道!你知道吗?有你在,我才敢放肆啊!

王师傅:原来,你知道啊?

余老师:你!你是装的!?

王师傅:你,刚才看我跳舞,是不是高兴了一下?

余老师:是,是!是的!

王师傅:你常说人生态度,其实,态度嘛,就是主观的,就是自己可以调节的。对吧?

余老师:算你对吧。不过。我必须批评你一个错误。那不叫炒小炒,那叫烹小鲜!

王师傅起身:不是一个意思吗?

余老师去扶他:既然是一个意思,为什么不严谨些?

王师傅抓住她的手:既然是一个意思,不就齐了吗?

孩子们破门而入,看到他俩都站着拉着手互相搀扶着,有些愣了。

外面,电视剧里的春晚的数数开始了。

王师傅:都愣着干嘛?赶紧拜年啊!

大家拜年。

音乐大起。

【舞台,缓缓旋转到了楼外。

我们,第一次看见了这个戏最震撼最美丽的美术灯光效果:

万家灯火、礼花满天。

全剧终】

【剧本】

冲出豪门的男人

The man ran out
a wealthy and influential family

王生文

作者 / 王生文

作者简介

王生文,笔名笑天,河南卢氏县人,卢氏县委党校副教授,中国作家世纪论坛优秀作家,中国现代作家协会会员,河南省影视家协会会员,江山文学顾问,卢氏县作协顾问。曾撰写了大量优秀论文,并多次荣获河南省党校系统优秀科研成果奖和"五个一工程"奖。他所创作的小说曾在《奔流》《百花园》《参花》《洛神》等国内许多刊物上发表。

出版有《情系玉皇山》和《月是故乡明》等影视作品集,其中《情系玉皇山》已由河南电视台拍摄播出且获得了省五个一工程奖。电影剧本《传奇的红五星》荣获第七届重影杯提名奖。

1.清江市城市外景　夏　傍晚

依山傍水的清江市,高楼林立,灯火璀璨。

一栋豪华非凡的红楼渐进人们的视野。

红楼前的商铺彩灯一家比一家绚丽夺目。

红楼前的游客络绎不绝。

红楼下的大门紧闭着,两个金光闪闪的"豪"字赫然于两扇大门之上。

两扇沉重的大门缓缓闪开了。

一辆豪华型的敞蓬小轿车徐徐驶出门来。开车的司机是一位英俊的年轻人,大约三十岁,他就是这豪门之家的大女婿徐世新。在他旁边坐着一位上穿袒胸露臂的短衫,下穿紧身短裤的时尚美女,她就是这豪门之家的二小姐魏一美,她那白晰的脸上镶嵌着一头乌黑的跳水运动员式的短发,两条性感的光腿分外养眼。后排坐着两位身着黑色长裙的贵妇人,年纪大的大约五十多岁,她就是这豪门之家楼主魏小玉。年纪轻的不过二十七八岁,她就是这豪门之家的大小姐魏一品。这娘俩都肩披着长长的红纱巾,洁白而修长的双臂搭放在那浑圆的大腿上,两张冰清玉洁的面容冷艳得各有特色。两双目不斜视的大眼睛显得那么目空一切、那么高不可攀。

围观的人们在议论着:

"这不是魏市长的千金们吗?"

"就是嘛!还是市长的千金们,气派啊!"

"你看这女人们的派头,好像男人们都不敢碰她们一样!"

"不在是冰美人啊!"

就在这时,开车的徐世新向坐在后面的魏小玉请示道:"魏局,是直奔清江市文化广场,还是……"

没等魏小玉发话,坐在旁边的魏一品抢过话茬道:"徐世新!你脑子有病啊!照老娘的规矩办,绕场一周!"

徐世新应声道:"是!我的魏一品夫人!"

魏一品又抢过话茬道:"徐世新!你脑子有病啊!这里没有你的魏一品夫人!只有清江市土地局副局长魏一品!难道你忘记了吗?这是俺老娘立的规矩!"

说着朝魏小玉使了一个眼色。

魏小玉傲慢地点点头。

徐世新道:"对不起,我的魏局长!"

坐在徐世新旁边的魏一美不满地道:"我的大姐夫哥!你与俺老爸像神了!真是名副其实的……"

魏一美的话未出口,坐在后面的魏小玉盯着魏一美的座位,从鼻子里发出长长的一声:"嗯——"

魏一美扭头一望魏小玉那冰冷的脸,伸了下舌头,忙改口道:"真是名副其实的模范丈夫啊!"

魏小玉不作声了,人们也都不敢作声了,唯有那小轿车的发动机在低吟着,前行着。

当小轿车行至"豪门电料城"门前时,魏小玉突然喊道:"停!"

徐世新道:"有事吗?魏局!"

魏小玉道: "问一下黄政工在店里不在!"

徐世新朝站在门口的一位十八九岁的姑娘道:"黄小芹,黄政工在里边吗?"

黄小芹故意为难地道:"这里没有黄政工!黄政工早已下岗了!"

徐世新结结巴巴地道:"就是黄,黄……"

黄小芹追问道:"黄什么呀黄?"

徐世新一时不知该称什么好。

魏小玉抢过话茬道:"黄什么黄?黄龙飞!他在吗?"

黄小芹这才道:"原来你问的是我们的黄老板啊!他不在!"

魏小玉不耐烦地道:"什么黄老板红老板!他上哪儿去了?"

黄小芹道:"不知道!"

魏小玉道:"他上哪儿也不交代一声?"

黄小芹道:"人家是老板,我哪敢问人家呀!"

魏小玉气愤地道:"当了几天门店老板,就不得了啦!就想去哪儿就去哪儿了!你告诉他,别忘了这门店和这栋楼的楼主是我魏小玉!"说着对徐世新道:"开车!回头再找他算帐!"

魏一美又伸了一下舌头,朝徐世新低声叹息道:"唉,老爸又该接受再教育了!"

徐世新没敢回应,把小轿车在门前一转弯,直往街上奔去。

2.清江市文化广场上　夜

广场上人山人海

广场舞台上正在演唱着《春天的故事》。

强大的演出阵容,和谐悠扬的歌声,贴近生活、贴近时代的歌词,把广场上人们的眼睛全吸引在那身着白色西服的指挥身上。

指挥特写:一个留着长发,身穿白色西服男子的背影,他正在英姿勃勃地挥动着手中的指挥棒,调动着整个演唱队伍的激情。

3.广场的一角

那辆豪华敞篷轿车停放在广场的一角。

车上那三位冰美人正看得入神。

魏一美道:"好漂亮的指挥啊!比俺大姐夫哥还帅呢!"

魏一品道:"是吗?让我再瞧瞧!"

指挥背影特写。

魏一品惊疑地道:"我看这人的背影仿佛在哪儿见过一样?"

魏一美道:"不会吧?"

徐世新道:"我也仿佛在哪儿见过此人!"

魏小玉恍然大悟地道:"坏了!该不会是他吧?"

两个女儿惊疑地望着魏小玉道:"谁?"

就在这时,演出在一阵热烈的掌声中结束了。

那指挥转身向人们鞠躬致谢。

人们的掌声又起。

那指挥突然把头上的长发往后一抛,露出了乌黑的大背头,频频向人们鞠躬致谢。

人们的掌声更加热烈。

魏一美忘乎所以地站了起来高叫着:"哇!原来

是俺老爸！太了不起了！"

魏小玉气急败坏地道："住口！不以为耻反以为荣！"

魏一品和徐世新默默地望着魏小玉不敢作声。

车上一阵沉默。

魏一品道："妈！要不咱们回去好了！"

魏小玉道："不回去！看他这老东西能疯个啥名堂来！"

就在这时，舞台上女主持走上台前道："女士们，先生们！接下来由黄龙飞先生与何美珠女士为我们演唱《十五的月亮》！"

台下一阵热烈的掌声。

敞篷轿车上，魏小玉一家人不露声色地盯着那空旷的舞台。

此刻，身穿红色长裙的何美珠手握话筒从上场门边唱边向舞台中心走来，身着军服的黄龙飞从下场门边唱边向舞台中心走来，两人边唱边在舞台中心相遇。两人唱得入情入境，让人们羡慕不已。

就在这时，魏小玉突然发疯似地吼道："别看了！开车！"

徐世新边应声边启动着小轿车。

魏小玉一行人的举动惊得周围人们投来了责备的目光。

小轿车驶出广场。车后不断传来黄龙飞与何美珠合唱的悠扬歌声。

4.红楼前　夜

那豪门紧闭着。

三楼、四楼、五楼的灯还亮着。

黄龙飞骑着一辆摩托车向豪门前驶来。

三楼住室内,魏小玉在客厅内如热锅上的蚂蚁在踱来踱去,突然望见墙上挂着的二胡和竹笛,上去抓住竹笛正欲往地下摔,楼下传来了黄龙飞的叫门声:"开门啊,我是黄龙飞!"

此刻,魏小玉将室内的灯关掉了。

接着四楼住着的魏一品也将灯关掉了。

唯有五楼魏一美房间的灯还亮着。

魏一美与丈夫柳翼飞并排坐在床上细听着外面的动静。

黄龙飞仍在喊叫着。

柳翼飞道:"一美,我去给你老爸把门开开吧?"

魏一美道:"别！这好事可做不得！门卫都不敢开,肯定是老佛爷有令不准开!你去开,老佛爷能饶你吗?"

柳翼飞道:"总不能让你老爸睡大街上吧！"

魏一美道:"车到山前自有路！"

楼下传来了黄龙飞的叫喊声:"我的魏局长！你

是开门不开门？不开门我就去那儿睡了！"

魏小玉呼地一声打开窗户朝楼下喊道："回来！你敢去！"

楼下的黄龙飞道："我不敢去！但你不能逼我去啊！"

魏小玉无奈地拿起电话道："门卫吗？你把门打开，让他进来！"

豪门终于打开了。

黄龙飞骑着摩托驶了进去。

5.魏小玉客厅内　夜

魏市长的遗像放在正堂上。

魏小玉手拧住黄龙飞的耳朵来到遗像前道："跪下！黄龙飞！你竟然背着我去找那个臭婊子何美珠！背地里疯不过瘾是不？今晚疯到舞台上去了！你太令我失望了！你想想，你对得起我，还是对得起刚去世的老爸他？不是我老爸，你黄龙飞还在修理地球呢！"

黄龙飞望了一眼堂上的遗像，头低了下来。

魏小玉逼问道："你说！你与何美珠有没有关系？"

黄龙飞道："没有！我们只是爱好相投！"

魏小玉道："什么爱好相投？是臭味相投！一个臭婊子有什么好爱的？"

黄龙飞道："不许你这样侮辱人家的人格！不就

是在一块演演节目嘛！"

魏小玉气极地道："好你个黄龙飞,你竟敢替她说话！"

说着从屋里取出二胡和竹笛边摔边道："我叫你们爱好相投！叫你们爱好相投！"

黄龙飞望着被摔坏的二胡和竹笛,再也无法忍耐了,声嘶力竭地道："魏小玉！我就这一点儿音乐爱好,你都不允许！你欺人太甚了！"

魏小玉一愣道："你叫我什么？"

黄龙飞直盯着魏小玉道："我叫你魏小玉！魏小玉！听清了吗？你压制我几十年不敢唱不敢拉！大气不敢出,小气不敢回！老实告诉你,当初要不是你老爸他看好我这个才貌双全的上门女婿,我瞎了眼也不会走进你这个家！这个家我早已待够了！"说罢冲出客厅,将门一开,愤然而去。

魏小玉望着黄龙飞的背影声嘶力竭地道："你这个忘恩负义的东西！有本事你就永远别回来！"

6.豪门电料城门前　夜

街道上灯火通明,静无一人。

黄龙飞在门前徘徊着。他欲上前敲门,抬起的手又放了下来,他转身沮丧地朝大街上走去。

7.美珠灯具城门前　夜

门店紧闭着。

黄龙飞眼前一亮,急速走上前去,伸手就去叩门,突然伸出的手却停在了半空中,然后慢慢地缩了回来,最终还是依依不舍地离去。

门店的门打开了,何美珠望着远去的黄龙飞,将门锁上,跟了过去。

8.清江大桥上　夜

黄龙飞忧心忡忡地走上了清江大桥,他手扶着桥栏,呆呆地望着那波光鳞鳞的江水。

就在这时,从桥的另一头传来了被篡改了的李玉和的那段唱腔:"人说道世间只有阶级的情谊重,以我看骨肉的情谊重于泰山。无产者一生奋斗求解放,四海无家几十年……"

黄龙飞回头一看,原来是一位喝醉酒的青年在边唱边向他走来。

黄龙飞正要回避,那青年追上来道:"你等等! 我认识你! 你是指挥家黄龙飞,对不？"

黄龙飞道:"我不认识你！"

那青年道:"可我认识你！我今晚就看过你演的节目,太棒了！你是指挥家,可别想不开哟！如有什么想不开,就到亲人坟上诉说诉说就没事了,我刚从那儿回来,挺灵验的!你不信去试试吧!"说罢又唱着那几句戏摇摇晃晃地离去。

9.半山腰的公墓前　夜

黄龙飞朝公墓里走去。

魏朝栋墓碑特写。

黄龙飞来到墓碑前,跪下恭恭敬敬地磕着头,自言自语地向魏朝栋诉说着……

"我尊敬的魏市长,我难忘的大恩人,我的岳父大人!我黄龙飞来与你做伴来了!请你收下我吧!我在家里实在待不下去了哇!你说我该咋办啊?"

魏市长的画外音:"你糊涂!难道你忘记了我对你的好处了吗?"

黄龙飞连连叩头道:"岳父大人在上,我黄龙飞永世不忘你老的大恩大德!"

魏市长的画外音:"你既然如此仁义孝道,那你不妨就再说说我对你的好处,免得你忘本!"

黄龙飞道:"岳父大人容禀!我记得那是恢复高考的头一年,我考上了华东师大艺术系,就在这时我的父亲突然病故……"

画面上闪出一所简陋的农家小院来。

画外音:"父亲死丧在地,我无力埋葬父亲,我哭天天不应,叫地地不灵!是队长把你老领进了我家,是你慷慨解囊,帮我埋葬了我的父亲,又是你一手把我这个无依无靠的穷孩子转为城市市民,招为五金公司的政工干部,又选我成为你的上门女婿,我以为我真是掉进了福窝里!"

伴随以上画外音,出现以下几组画面来:

堂屋的草铺上躺着一位死去的老人,青年时代的黄龙飞跪在草铺前呼天喊地的哭着。

一个队长模样的男子领着中年时代的魏市长走进堂屋。黄龙飞急转身向魏市长叩着头。

魏市长将黄龙飞扶起来安慰着。

魏市长从口袋里掏出一叠钱递给了黄龙飞。

黄龙飞接过钱跪下连连叩头不止。

五金公司的职工大会上,一位干部模样的同志带着黄龙飞走到会场的前台,向职工们介绍着黄龙飞,职工们鼓掌欢迎着。

婚礼宴会上,黄龙飞与魏小玉喝交杯酒的场面。

10.画面闪回到魏市长的墓前　夜

黄龙飞对着墓碑道:"我的岳父大人!我哪里是掉进福窝里,我好像是掉进监狱里了!"

魏市长的画外音:"你这就言过其实了!有那么严重吗?我的女儿不过高傲好强而已,这也许是魏家的血脉所致!你不必如此计较吧?她控制你是怕你飞了啊!你问我该怎么办?我这就告诉你!你知道一忍制百勇,一静制百动吗?"

黄龙飞忙说:"我知道!可我实在忍不下去了!"

魏市长画外音:"那是为何?"

黄龙飞道:"大人容禀!你知道我的唯一的爱好是吹拉弹唱!可自从进了这个家后,不准我弹不准我唱,我的二胡竹笛一放就是二十八年没敢动一下,今晚她竟然把我的二胡竹笛全摔得粉碎!你说我该怎么办?"

魏市长的画外音:"我告诉你怎么办!你是身在福中不知福!记住,你不能离开那个家!有舍才有得!鱼和熊掌不能兼得!明白吗?"

黄龙飞默念着:"有舍才有得!你不能离开那个家!"突然惊疑地站起来向四周探寻道:"你是谁?你是何美珠!你出来!"

何美珠从碑后闪出来道:"算你聪明!终于猜着我是何美珠了!"

黄龙飞不解地道:"你怎么来了?你好大的胆子呀!"

何美珠道:"不错!我比你黄龙飞的胆子大!你在我门前转悠着,就是不敢进去!我怕你干傻事,就跟着过来了!我不来,你能与我这个假魏市长说话吗?"

黄龙飞感激地道:"我太感谢你了!要不是你的

一番话,我会真的想不开的!"

何美珠道:"别傻了!走吧!"

黄龙飞道:"上哪儿?"

何美珠道:"回家呀!"

黄龙飞道:"我不想进那个家!"

何美珠道:"你傻啊!那是你几十年用心血熬出来的家!魏小玉还是爱你的嘛!我还是那句老话,有舍才有得!我当初丢了丈夫,丢了工作,但我却得到了你这位知己朋友的帮助!不是你帮忙,我能办起灯具门市吗?要说感谢,我该感谢你啊!走吧!不能因小失大!"

两人说着离开了墓地。

11.豪门电料城　晨

黄龙飞正在打开卷闸门准备营业。

魏小玉手拿着个小包走上去问道:"黄龙飞!你不是要离开这个家吗?怎么又回来了?"

黄龙飞头也没回地道:"这是我的家,我的门店,我怎么能不回来呢?"

魏小玉道:"我知道你跑不了!黄小芹呢?现在正是开门营业时间,怎么不见她呢?"

黄龙飞道:"她昨夜睡在何美珠那儿,等会儿就来!"

就在这时,徐世新开着那辆敞蓬轿车驶了过来。

坐在车上的魏一品道:"妈,快上车,离上班时间只有半个小时了!"

魏小玉道:"你们先走吧!商业局不比往常,现在去了也无事可做!我准备出来走走,散散心!"

魏一品道:"那也好!我和世新先去上班了!"

徐世新开车离去,魏小玉往大街上走去。

12.美珠灯具城　晨

何美珠正拿着手机在喊着话:"龙哥吗?我是美珠,我想让小芹帮我看一天门市,我得去武汉进趟货!可以吗?"

电话里传来了黄龙飞的声音:"可以!你可要注意安全啊!"

何美珠道:"谢谢龙哥!我会注意的!再见!"

何美珠放下电话,拿起柜台上的手提包,对站在旁边的小芹道:"黄老板已经答应你在这里帮我一天,工资我给你发!拜扥了!"

黄小芹道:"谢谢美珠阿姨的信任!一路平安!"

何美珠刚离开门店,魏小玉便走了过来。

黄小芹主动上前问候道:"魏阿姨早!"

魏小玉道:"好甜的嘴呀!何美珠呢?"

黄小芹道:"她去进货去了!"

魏小玉惊疑地道:"那谁帮她看门店呀?"

黄小芹道:"黄老板让我帮她看一天!"

魏小玉忿忿地道:"你们的黄老板真是狗改不了吃屎!"说着不辞而别。

黄小芹不满地朝魏小玉的背影做了个鬼脸。

13.武汉市一家大型民乐店前　日

一辆小型货车停在了店前。

何美珠从车内走下来向店内走去。

何美珠一眼望见那高挂的铜胆竹笛分外招人。

她走过去向售货员道:"请问那铜胆竹笛多少钱?"

售货员道:"价格不等,有壹佰多元的,也有伍佰多元的,还有几仟元的!请问你要那种式样的?"

何美珠道:"就是那种有三道金黄色铜环的那种?"

售货员道:"你挺识货的!这种竹笛880元,很受音乐家们青睐的!"说着把竹笛拿给了何美珠。

何美珠看了看,道:"就要这个了!"

何美珠在付着款。

售货员将竹笛放进一个精装的盒子里递给了何美珠。

何美珠拿着竹笛兴冲冲地朝店外走去。

14.美珠灯具城店外　傍晚

一辆微型货车停在店外。

黄龙飞正在车下接背着何美珠递来的货箱。

车上的货卸完了,微型货车离去。

何美珠道:"龙哥,货卸完了,回店洗洗手吧?"

黄龙飞道:"不用了,我回去洗!"说着转身就走。

何美珠道:"龙哥,你回来!我请你看一样东西!"

黄龙飞道:"什么东西?"

何美珠道:"一样你特别喜欢的东西!"

黄龙飞半信半疑地转身回来道:"真的吗?"

何美珠道:"你跟我来!"

黄龙飞跟着何美珠走进了店内,拐进了何美珠的卧室。

何美珠走到床头,从枕下取出一个精装考究的盒子来,递给黄龙飞道:"龙哥,你看这是什么?"

黄龙飞眼睛一亮,惊喜地道:"哇!铜胆竹笛!你从哪儿弄来的?"

何美珠道:"从武汉买来的呀!你打开看看怎么样?"

黄龙飞兴奋地打开盒子。

竹笛特写:三道金黄色铜环的竹笛,通身为深黑色漆面,启明发亮,安祥地躺在精致的花格包装盒里,仿佛在期待着他的抚摩和亲吻。

黄龙飞的眼睛湿润了,他轻轻地抚摩着竹笛,陷入久久的沉思中……

15.画面闪回到一家超市内　日

年轻时的魏小玉与黄龙飞正在高档服装店巡视着各种款式女式大衣,魏小玉在挂着貂皮大衣的衣架前站住了,服务员走上前来介绍道:"尊贵的女士!你看的这件貂皮大衣是意大利进口的名牌大衣,很适合你这样高贵女士穿的!"

黄龙飞问道:"多少钱一件?"

服务员道:"650元!"

黄龙飞"啊"的一声惊呆了。

服务员问道:"贵吗?有比这还贵呢!"

魏小玉抢过话头道:"不贵!就要这件了!"

服务员道:"还是这位女士识货啊!"

魏小玉在付着款,黄龙飞在等待接货。

黄龙飞提着衣服与魏小玉离开了服装店。

就在路经文化用品店时,一款铜胆竹笛吸引住了黄龙飞,他站在柜台前久久不肯离去。

魏小玉转身回头问:"你在看什么呀?"

黄龙飞道:"我在看这款铜胆竹笛!"

魏小玉道:"那有什么好看的?快走!"

黄龙飞依依不舍地离开了柜台。

当黄龙飞走到魏小玉跟前时,魏小玉没好气地道:"你想买不是?"

黄龙飞道:"才60多元!我真想买一款!"

魏小玉用手在黄龙飞的屁股上狠狠地拧了一把道:"想死你!"

16.画面闪回到何美珠的卧室

黄龙飞下意识地摸了一下屁股,眼中的泪滚了下来。

何美珠惊疑地问:"龙哥!你怎么哭了!"

黄龙飞抹了把泪道:"就是太喜欢这竹笛了!"

何美珠道:"我这就是给你买的呀!"

黄龙飞激动地握住何美珠的手道:"美珠!你太善解人意了!她摔你买,她摔得我心痛,你买得我心动啊!"

何美珠道:"别老这样握住我的手,把我都弄痛了!还不试试笛子声音如何?"

黄龙飞这才拿起笛子吹了起来,一曲欢快酣畅的《扬鞭催马运粮忙》,引来了不少游客止步店前聆听,当然也招来了魏小玉的注意。

魏小玉越听越不是味儿,想进去制止又不敢去,只好拿起手机呼叫着:"黄龙飞!家里失火了!"

17.魏小玉的住室　夜

魏小玉坐在客厅里抽起了闷烟来。

黄龙飞上气不接下气地跑进客厅里道:"到底出

了什么事！"

魏小玉将烟头一抛道："出了什么事你知道！"

黄龙飞问："你不是说失火了吗?怎么会是这样呢?"

魏小玉道："这比失火更厉害！我问你，你从哪里来？"

黄龙飞默不作声了。

魏小玉从沙发上站起来,指着黄龙飞的鼻子道："你又钻到那婊子屋里去了吧？"

黄龙飞道："别说得那么难听好不？"

魏小玉道："好你个黄龙飞！竟敢在老娘面前明火执仗地跟那婊子勾搭成奸！"

黄龙飞道："这你可别乱说！人家只是……"

魏小玉道："人家只是给你买了竹笛，让你过过笛子瘾,是不？"

黄龙飞点着头。

魏小玉道："这就是你们通奸的证据！"

黄龙飞道："你说这话可是要负责任的！"

魏小玉愤怒地道："我当然要负责任！"

黄龙飞道："我求你可别胡来！"

魏小玉道："咱们走着瞧！"

18.美珠灯具店前　晨

店前早已聚集了许多买货的人们。

魏小玉走到店门前敲了敲门高喊道："何美珠！你出来！大家都在等你卖呢！"

人们不禁哄然大笑起来。

魏小玉转身向大家道："笑什么笑？有什么好笑的？"

一位顾客道："店主出去了，不在里边！"

魏小玉借题发挥地道："这个婊子，这个骚货！男人跑了，没了男人就活不成了！现在不知又去勾引哪个男人去了！"

一位顾客道："你怎么知道人家又去勾引男人去了？"

魏小玉道："这个女人我了解得很！她一下岗就胡来，结果她男人也跑了！这一下她就更浪得欢了！凭着她的姿色，凭着她能歌善舞，勾引我的男人，想霸占我的男人！她下流，不要脸，是个偷汉子精！她性饥渴……"

围观的人们边听边议论着。

就在这时，何美珠边说边走过去道："魏小玉！你这个权欲狂！商业局垮台了，你没处发威了，跑到我的店前来耍威风来了！你错了！现在是改革开放的年代，不是你一手遮天的年代了！我不怕你了！兴你在这里放毒，就兴我在这里消毒！"转而面向大伙儿道："各位父老乡亲！各位亲朋好友！请你们也听我何美珠说说！我下岗是事实,我男人跑了也是事实！这年月不算新闻！我爱她男人是事实,她男人爱我也是事实！这年月也不算稀奇！但是,我们的爱是这个泼妇逼出来的！我没有偷她丈夫的情,是她丈夫自愿的！"

魏小玉气极败坏地道："你胡说八道！是你勾引的！"

何美珠自豪地道："就算是我勾引的，这说明我值得男人爱！你自己没能力锁住你男人的心,那是你不值得你男人爱你,你应该羞愧难当才对,你应该好好反思才对！你竟然当街骂人,你卑鄙！你越骂,我爱的越坚定！我要把与你男人的爱情进行到底！"

何美珠的一番话竟然引起了众人的喝彩："说得好啊！"

魏小玉声嘶力竭地叫喊道："你不要脸！你气死我了！"说着顿时口吐白沫气倒在地上。

围观的人们也纷纷离去。

何美珠一下便慌了神，上前把魏小玉抱在怀里不断地呼叫着，她急忙拿出手机呼叫黄龙飞："龙哥！你快来一下！小玉她昏倒在我的店前了！你快点儿来呀！"

19.豪门电料行门前　日

黄龙飞在向一辆出租车急急招着手。

黄龙飞钻进出租车内道:"到美珠灯具店!"

20.美珠灯具店门前　日
何美珠仍在抱着魏小玉在呼叫着。
出租车停在了何美珠的身旁,
黄龙飞走下车来。
何美珠愧疚地望着黄龙飞道:"龙哥!你快来!吓死我了!都怪我一时冲动!"
黄龙飞上前道:"别怕!你不必自责!她这是老毛病了!占不了上风,就这样!过一会儿就会好的!"
黄龙飞与何美珠把魏小玉放进了出租车内。

21.魏小玉住室客厅　晨
黄龙飞背着魏小玉走进客厅。
黄龙飞气喘吁吁地把魏小玉放在沙发上。
黄龙飞刚坐下喘着气。
突然魏小玉披头散发的弹坐起来道:"黄龙飞!这一回你高兴了吧?这都是你做的孽!你们俩存心气死老娘我呀!"
黄龙飞道:"你别想得太多了!美珠她也挺后悔的!她觉得不该那样气你的!"
魏小玉道:"你还在替她说话呀!你给我滚出去!我不想看见你!"

黄龙飞默默地走出客厅。

魏小玉拿出手机呼叫着:"一品吗?你现在哪里?"

22.清江市土地局大门前

徐世新开着那辆敞篷车往门口驶来。

坐在徐世新旁边的魏一品正在接听着电话:"妈!我和世新刚到土地局门口,有事吗?"

电话里传来了魏小玉的声音:"你与世新马上回来!开个紧急会议!"

魏一品道:"好!我们马上就回去!"说着对徐世新命令似的道:"立即调头回家!老娘要开紧急会议了!"

徐世新将车急速开进大门里,在院子里来了个急转弯,飞也似的驶出大门而去。

23.魏小玉的客厅内　晨

魏小玉仍在用手机呼叫着:"一美吗?你现在哪里?"

24.清江市出租车停车处　晨

魏一美站在出租车旁边接听着电话:"我是一美!我在公司门口,有事吗?"

电话里传来了魏小玉的声音:"你马上找到柳翼飞,你们一块儿到我这儿来开个紧急会议!"

25.魏小玉的客厅内　晨

魏一品与徐世新走进客厅。

魏一品望见魏小玉披头散发得如此狼狈,疾步上前坐到魏小玉的身旁问道:"妈!你这是怎么了?"说着用手梳理着魏小玉的散发。

魏小玉道:"你们不知道,真是快把老娘都气死啦!"

魏一品道:"到底发生了什么事?"

魏小玉道:"一言难尽,待会儿他们都来了再说吧!"

徐世新也凑上去安慰着魏小玉道:"妈!你可千万别生气!有什么不顺心的事,我们替你出气!"

魏小玉拍了怕徐世新的肩膀道:"还是世新和一品你们孝顺!娘一叫就来!就是一美不听话,放着好好的工作岗位她不干,非要开个出租车到处乱窜!一天到晚很少见她的面!"

就在这时魏一美带着她的白面先生柳翼飞走了进来。

魏一美一进门就接过话茬道:"妈!又说我的坏话了吧!今天我特意把柳翼飞也拉来参加这个紧急会议了!"说着把柳翼飞推到魏小玉面前道:"你还不快向老妈问个好!"

柳翼飞用手凑了一下眼镜,接着边鞠躬边道:"老妈好!大姐、大姐夫好!感谢你们大家把漂亮的一美许给了我!今天我们到会迟到,不怨一美,都怨我下课晚了！请老妈原谅！

魏一品道:"没想到；你这个白面书生挺会说话的嘛！"

魏小玉道:"还是当教师的有涵养！坐下吧！"

柳翼飞应声道:"Thank you!"

魏一美用手拍了一下柳翼飞的屁股道:"你坐吧！这不是英语讲堂！这是家庭会议！"

这时魏一品道:"妈！俺老爸咋还没回来？"

魏小玉道:"今天这个会议他没资格参加！"

魏一品示意徐世新给魏小玉倒茶。

徐世新在为魏小玉倒茶。

魏小玉喝了一口茶道:"现在开会。自从八大公司断奶独立经营之后,商业局已降为商贸公司,我这个商业局的副局长已名存实亡,你们的老爸借机办起了豪门电料行,生意也越做越火,这本来是一件好事,可这个老东西越来越不听招呼了,竟然支持那个臭婊子何美珠办起了灯具店,整天与那个狐狸精鬼混在一起,把这个好端端的家闹得鸡犬不宁！那个何美珠在他的支持下，嚣张得厉害！竟敢骂我是权欲狂！声言要把她和黄龙飞的爱情进行到底！"

魏一品将桌子一拍道:"这个何美珠猖狂之极！不要脸之极！

柳翼飞凑到魏一美跟前道:"没想到你老爸还挺

花心的嘛！"

魏一美拍了一下柳翼飞肩膀大声道："你胡说八道！俺老爸就不是那种人！他有那个心也没有那个胆！"

魏一品道："一美！你别替他开脱了！"

魏小玉道："一品！一美的话也不无道理！你老爸也就是没那个胆！我看解决他们俩的问题，首先要制服何美珠！常说，母狗不摇尾，郎狗不跳墙！"

魏一品道："妈,制服何美珠这个母狗,你不用费心了,由老大我来对付！"

魏小玉感激地道："还是一品善解人意！"

魏一美道："不过，我认为这还不一定能完全解决问题,这里边还有一个问题必须注意解决啊！

魏小玉道："什么问题？"

魏一美叹了一口气说："说了也没用啊！

魏一品道;"别卖关子好不好？"

魏一美道："那我就说啦！妈做了一辈子的人事工作,是管人的人,可你要把管人变成管心才能凑效哇！"

魏小玉道："鬼丫头,挺深沉的！妈会注　意的！今天会议就开到这里。最后我提醒大家,别以为我不当局长了,没有权了,就我行我素,我虽然没有行政权力了,但这份家业还是我说了算！别像黄龙飞那样无法无天！"

魏一品拍了拍徐世新道："听清了吗？"

魏一美也拍了一下柳翼飞道："听清了吗？"

魏小玉扫视了徐世新和柳翼飞道："从明天起，我不再去商业局上班了，我要亲自到店里去帮助黄龙飞看店！那个黄小芹让她去何美珠那儿干算了！你们看怎么样！

魏一品道："这可是个一箭双雕的好主意！我双手同意！"

魏小玉朝一美等人征询道："你们几个呢？"

众人齐声符合道："同意！"

26.豪门电料行　日

门店紧锁着。

魏小玉自语道："这老东西哪里去了！"

27.美珠灯具店

黄小芹正在店里忙碌着。

魏小玉走到店门口还未开口，黄小芹便上来道："魏阿姨呀！非常感谢你让我来美珠阿姨店里工作！"

魏小玉道："何美珠一个人,很需要你嘛！何美珠呢？"

黄小芹不紧不慢地道："美珠阿姨与龙叔去宜昌

了,说是要去散散心呢!"

魏小玉气的浑身颤抖,抓起门边的三角椅怒吼起来:"这臭婊子是要毁我的家呀,老娘现在就砸了她这店!"

黄小芹手疾眼快,一把抓住举起的椅子,一声断喝:"住手!哪来的野泼妇!老板可把店交给我了,你砸了得照价赔偿!你敢轻举妄动,我有权控告你!"

"不错!姑娘,你绝对有权控告她!"在门外看热闹的人们齐声喊叫着。

魏小玉无奈,将椅子一甩,发疯似的跑了。

28.魏一品的客厅内　日

魏一品与徐世新正领着七岁的小宝在看着电视。

魏小玉哭叫着冲进了客厅:"你们快去看看吧!何美珠竟与黄龙飞去宜昌鬼混去了!你们再不管就把老娘气死了!"

魏一品道:"妈,你别怕!有你女儿在,她回来看我怎么收拾她!"

孙子小宝也跑上去抱住魏小玉,边擦着脸上的泪边说:"奶奶别哭,有妈妈给你出气!"

魏小玉动情地抱住小宝说:"我的好孙子!"

魏一品望着无动于衷的徐世新道:"徐世新!你

连孩子都不如！连句安慰妈的话都没有！"

徐世新这才从桌上端起一杯凉茶递给魏小玉道："妈,你喝杯茶消消气！"

魏小玉接过茶杯一饮而尽。

29.魏小玉床上　夜

魏小玉翻来覆去得睡不着觉。

一会儿耳边响起了魏一美的发言情景。

魏一美的画外音："妈你做了一辈子的人事工作,是管人的人,可你要把管人变成管心才能奏效哇！"

一会儿耳边又响起了魏一品的声音。

魏一品的画外音："妈！你别怕！有你女儿在,她回来看我怎么收拾她！"

一会儿,又在寻思着:这两个狗男女一定在宜昌浪开了。

29、宜昌葛洲坝　晨

黄龙飞与何美珠坐在江边,一边观看着江里那自由的鱼群在畅游,一边畅谈着他们的理想。

黄龙飞望着飞跃的鱼儿,感慨地说："你知道那鱼儿为什么要跳跃吗？它们是为了呼吸新鲜空气,为了寻求更适合畅游的水域啊！你想想,它们如果总沉在江底,是会憋死的！你信不？"

何美珠道："你说的有道理！但鱼儿再跳，再跃，再飞，它是不能跳出水的！跳出来就会渴死的！这与你想跳出那个家一样，你跳出来虽然渴不死，但也会不好受的！"

黄龙飞道："为什么？"

何美珠道："我爱你，你也爱我，但你不能就这样离开那个家！那是非常不负责任的！你一旦离开这个家，不仅伤害了魏小玉的尊严，也伤害了女儿们的尊严！魏小玉能三番五次地来伤害我，她实际是在爱着你，护着你！骂我是婊子，我是吗？我不是！我只是你精神上的妻子，你我只是精神夫妻而已！因为我们没有任何肉体关系！你说呢？

黄龙飞道："你说得挺奥妙的！但我们该怎么办呢？"

何美珠道："我们出来也转了，也看了，心也散了！我们该回去继续做好我们的生意了！我还是那句老话，一静制百动，一忍制百勇啊！"

31.美珠灯具店　晨

黄小芹刚凑起卷闸门，突然发现门口墙上贴着一个纸条，黄小芹撕下纸条看了看，塞进了自己的兜里。

黄小芹刚收拾完门店前的卫生，何美珠走了过来。

黄小芹迎上去道："美珠阿姨，你什么时候回来的？"

何美珠道:"我昨天晚上回来的!我走后店里没出什么事吧?"

黄小芹道:"你走后当天,魏小玉就来闹事,扬言要砸了你这店!让我把她撵跑了!"

何美珠道:"你还真行,敢与那母老虎斗!"

黄小芹道:"我才不怕她呢!哦,对了!我刚才从门口墙上揭下个纸条,写的很难听,我看好像是那个母老虎干的!"

何美珠道:"拿来我看看!"

黄小芹从兜里掏出纸条递给了何美珠。

何美珠在看着纸条。

画外音:何美珠,你是个婊子,偷人的精,性饥渴,你这儿不是灯具店,这儿是等汉子店!

何美珠看完道:"这纸条肯定是魏小玉搞的!小芹呀,下次再发现这类纸条,你不要撕它,让大家都来看!"

黄小芹不解地道:"阿姨,这不合适吧?"

何美珠道:"合适得很,这叫一静制百动!"

32.豪门电料行　晨

魏小玉坐在店内,头也不抬的打着毛衣。

来店的顾客看着魏小玉那副旁若无人的姿态,只看货不问话。

一个顾客进门就问道:"黄老板在吗?"

魏小玉头也不抬的道:"这里没有黄老板!只有黄龙飞!"

那顾客追问道:"他在吗?"

魏小玉道:"不在!"

那顾客转身走了。

又一位刚进来的顾客问道:"黄老板在吗?"

魏小玉依然头也不抬地道:"不在!你是买货还是找人?"

那顾客道:"买货!"

魏小玉道:"买货你就买吧?"

那顾客道:"等他回来吧!"说着离去。

接着店里的顾客也都自言自语道:"走吧!等黄老板回来再来!"

魏小玉腾地站起来道:"走走走!你们快走!我要关门了!"

顾客们纷纷走出店来。

魏小玉气冲冲地正要关门,魏一品走过来道:"妈!你怎么现在就关门?"

魏小玉回身道:"真是活见鬼了!离了这个黄龙飞,我就开不成店了?"

魏一品上前拉住魏小玉的手道:"妈!他又惹你生气啦?"

魏小玉坐下道:"你说气人不气人!这顾客们也与我做起了对!一见黄龙飞不在店,扭头就走!没想到这老东西还挺有能耐的!"

魏一品道:"妈!没有能耐我爷爷会选他当上门女婿?没有能耐那个何美珠会追他?"

魏小玉道:"你说的也是。看来这店还真的离不了他呀!"转而又问魏一品:"你的那个纸条贴出去了吗?"

魏一品道:"贴出去了!我一连贴了三夜,可何美珠却没一点反应!"

魏小玉道:"这婊子城府挺深的!"

魏一品道:"那纸条没把人家激怒搞臭,反而把人家搞得更香了!你去看人家那门市,生意火得很啊!"

魏小玉无奈地道:"一品,你该替娘再想个法子呀!要不,我这口气实在咽不下去啊!"

魏一品道:"我就是来与你商量此事的!你想想,你赶走黄小芹是对的!但你来守门店是错的呀!你这样不仅看不住老爸他,反而使老爸有更多的机会与何美珠相会了!我看倒不如还把老爸绑在这个门店里,让他过把老板瘾!这样就可一举两得啊!"

魏小玉道:"还是我大闺女有办法!"

魏一品道:"妈!我知道你自从离开了那个局长岗位之后,心中有难于言说的失落!局长职务没了,八大公司也独立了,但你拥有这亿万元的豪门红楼,八大门面店的商户谁敢不敬畏你?世人谁不羡慕你?如今这世道,没有了权,但只要有钱,走到什么地方也没人敢小视!以后有什么事别再开什么会议,咱娘儿俩说了算!别给他们那么多说话的机会!刹刹他们的气焰!"

魏小玉道:"你不愧是我的好女儿!"

33.清江市水电局门前　日

一辆高级轿车在门前停了下来。车内走出一位周老板,手提着一个沉沉的钱袋子走进门内,向楼上走去。

34.徐世新的办公室内

徐世新正在办公桌前看着什么文件。

门外传来了敲门的声音。

徐世新抬头看着门口道:"请进"!

那位周老板提着沉沉的钱袋子走进来道:"请问,你是徐主任吗?"

徐世新道:"是!请坐,你有什么事?"

周老板坐下道:"我是富豪服装公司的总代理商,经考察你们豪门楼下的门店生意非常火爆,我们愿意超出现价三分之一的租金租一处门店!不知可否？"

徐世新想了片刻道："对不起！我们已经与现有的租户签订了三年合同,我们无法赶走现有的商户！请你到别处再走走吧！"

周老板期待地道："难道连一点回旋的余地都没有吗？"

徐世新叹了口气道："没有啊！"

35.魏一品的办公室

那个提着钱袋子的周老板在魏一品的门前边敲门边道："魏局长在吗？"

门打开了。

魏一品道："你找谁？"

周老板将钱袋子在魏一品面前一晃道："就找魏局长你呀！"

魏一品望了一下周老板手中的钱袋子道："请进！"

周老板边走边说："我是富豪服装公司的总代理,我想以高出三分之一的租金租一门店！"

魏一品坐下道："我们的门店早与租户签订了三年期限的合同,现在还未到期！"

周老板道："这我知道！"说着把钱袋子往桌子上一放道："魏局长！只要你能租给我,我就把这12万元作为赔偿金给你！怎么样？"说着把钱袋子打开故意让魏一品一观。

魏一品盯着钱袋子不动声色。

那老板催促着道:"怎么样?"

魏一品把钱袋子一推道:"后天你到我家里谈吧!"

那老板兴奋地道:"怎么联系?"

魏一品拿起笔在桌子上的日历纸上写了个电话号码,递给周老板道:"这是我的手机号码!"

36.豪门音响大世界店内　日

店主雷忠民正在店内给一位顾客取着一套音箱。

那顾客看了看道:"多少钱?"

雷忠民道:"100元!"

那顾客道:"请试一下好吗?"

雷忠民道:"好!"说着把音箱插头插在电视机上,音响里放出了动听的音乐。

那顾客道:就要这套了!"说着掏出了100元递给了雷忠民。

雷忠民接过钱又把音响装好递给了顾客。

这时,魏一品走进店里来。

雷忠民连忙招呼道:"魏局长呀!你怎么有空来光顾本店呀!希望你多来指导!"

魏一品旁若无人地边走边看店内道:"我说雷老板哪——"

雷忠民急忙道："我的魏局长,你千万别这么叫,就叫我雷忠民好了!你要什么尽管拿!"

魏一品道："我什么也不需要!我只需要收回这套房子!"

雷忠民道："好我的魏局长呀!你千万别开这种玩笑!你收回房子我往哪儿租房子呀?再说,我的房租还不到期呀!"

魏一品道："这我就不管了!东家使用房子是无条件的!"说罢头也不回地走出店外。

雷忠民焦急地道："这可就我怎么办啊!"

37.徐世新的办公室　日

雷忠民站在办公室门前敲着门。

门打开了。

徐世新道："你怎么来了?快进屋!"

雷忠民道："好我的兄弟呀!你可要救救我呀!"说着就往地上跪。

徐世新急忙扶起雷忠民道："你怎这样呢?快起来!咱们是老乡,又是同学,有什么难事我会尽力的!"

雷忠民道："魏局长要我腾房子!你可要帮帮我呀!"

徐世新道："怎么会这样呢?就让你一家搬吗?"

雷忠民道："就让我一家搬!"

徐世新道："你回去吧,我马上就回家问问!"

雷忠民道:"拜托了!"

38.魏一品的客厅　日

魏一品正在与那个拿钱袋子的周老板说着话。

魏一品道:"我已经通知那家客户尽快搬走,他一搬走,你就可搬进去!"

周老板把钱袋子往魏一品跟前一推道:"这是12万元补偿金,请你过目!"

就在这时徐世新走进客厅。

周老板立即起身道:"魏局长,拜托了!事成我请客!"

魏一品将那老板送至门外。

徐世新望见那个熟悉的钱袋子,气得在客厅里乱转。

魏一品刚返回客厅,徐世新就抓起钱袋子猛力砸在魏一品的脚下道:"魏一品!这就是你干的好事!"

魏一品吓得一闪身,呆望着许世新。

徐世新厉声道:"你钻钱眼里了!你还讲不讲一点游戏规则?你太不像话了!这么大的事连商量都不商量!"

魏一品从地上拾起钱袋子,指着徐世新的鼻子吼道:"原来是这样啊?你他妈的算什么东西!我干嘛要与你商量?"

徐世新道："不管你与我商量不商量，明天你必须把这笔钱退给人家！"

魏一品道："不退！就是不退！"

徐世新道："你欺负老实人，你想把雷忠民赶走，没门儿！那是我的同学、老乡！"

魏一品道："呦呦呦！你心疼了？你孔融让梨了？做活雷锋了？我可没你那么高尚！"

气极之下的徐世新举起博古架上的一个精致的瓷坛子，猛力地往地上一摔道："魏一品！你品质恶劣！你一手遮天！不可理喻！"

魏一品狂叫着："大家都来看啦！徐世新这个败家子要毁掉这个家了啊…"

儿子小宝被吓得哭叫着："奶奶！你们快来呀！爸爸和妈妈打架啦……"

魏一品拉过小宝道："小宝！别怕！别怕！有妈妈呢！"

这时，魏小玉进来了，一看如此场景，就破口大骂道："徐世新！你混蛋！你想翻天不是？你太猖狂了！你想走你岳父黄龙飞的老路不是？没门儿！"

徐世新道："黄龙飞也是被你们逼出来的！

魏小玉气极地道："你……"

就在这时魏一美与柳翼飞跑了进来。

柳翼飞道："徐大哥！你怎么能这样呢？不能这样对待老人和孩子的！"

魏一美也说:"徐大哥,你有理没理暂且不说,但你摔东西总是没理吧？"

徐世新气极地道:"都是我没理,对了吧！"说着将门砰的一关,下楼而去了。

39.清江市水电局门口　日

徐世新余怒未消地从车上下来,将车门砰的一关,往办公楼上走去。

就在楼梯口碰见了老周,老周开门见山地道:"徐主任,我正要找你呢！"

徐世新道:"什么事,周秘书？"

周秘书道:"你是我的主任,我是你的秘书！请你看在我们一个单位一个办公室的情份上,求求你别把我表弟忠民一脚踢开！他一旦没了门店,何处生存啊？"

徐世新叹了口气道:"唉！周秘书,我也是正为此事生气呢！说了你也不会信,魏家的事我说了不算的,请你理解我的处境！万一不行我另为你表弟找个门店！"

周秘书道:"你家的门店你都当不了家,你还……"说到这里转而摇着头道:"不说了,不说了！"

40.水电局办公室内　日

水文资料员卢雅岚正在档案柜前查找着资料。

徐世新走进办公室,一屁股坐到办公椅上,将手提包往桌上一摔直喘着粗气。

卢雅岚转身大感不解地问:"徐哥,今天好像不高兴啊?"

徐世新一脸苦笑地道:"惹上了这么个破家庭,我能高兴起来吗?"

卢雅岚道:"你这哪里话?豪门大户的成龙快婿,要多快活就多快活!啥也不用愁,谁不羡慕你呀!"

徐世新道:"卢雅岚!你越这么说我就越恼火!你以为我在乎这个狗屁的豪门大户吗?我才不稀罕呢!"

卢雅岚像只轻灵的蝴蝶,端着一杯茶走到徐世新面前道:"徐哥,喝口茶,消消气吧!有啥大不了的事,能说出来让我听听吗?也许我会帮你解开心中的郁闷的。"

徐世新突然说:"卢雅岚,我想让你中午陪我吃顿饭!"

卢雅岚迟疑的望着徐世新道:"徐哥,你不发烧吧?你这玩笑开得有些大了吧?"

徐世新一本正经地道:"卢雅岚同志!我是认真的!"

卢雅岚喜出望外地道:"真的呀,徐哥!徐哥能如此的不忘旧交,我感到十分荣幸,那就让我做东吧!"

徐世新道:"明明是我做东,怎么能让你做东呢?"

卢雅岚道:"好好好!那就恭敬不如从命了!"

徐世新道:"你先到今日有约饭店订餐去,我随后就到!"

卢雅岚:"好的!不见不散啊!"

41.今日有约饭店　日

卢雅岚坐在桌前,望着桌上的酒菜,陷入了沉思。

卢雅岚的话外音:"八年了!八年前约你来这里相会,却迟迟不见你的人影,我等呀等呀,最后等来的不是你,而是魏一品的电话,她一个电话把我的梦击碎了!没想到八年后又在这里相约!也许是天意吧……

随着画外音推出以下画面来:

学生摸样的卢雅岚坐在酒桌前等待着,她不时向外张望着。

突然,桌上的手机响了。

卢雅岚拿起手机道:"喂!你是哪位?"

另一家酒店的餐桌前,魏一品正坐在徐世新的对面用手机在讲着话:"我是魏一品!你想约徐世新吗?对不起,他已经是我魏一品的人了!"

坐在酒桌前的卢雅岚失望地放下手机,望着桌上的酒菜直发呆。

就在这时,徐世新走进来到:"雅岚!想什么呢?"

卢雅岚脱口而出道："我在想你会不会来呢？"

徐世新道："我这不是来了吗？"转而仔细地瞧着桌上的酒菜道："麻辣牛肉、烧鸡腿、爆炒黄鳝丝、君子菜，哇！这都是我最爱吃的菜啊！谢谢你，雅岚！"

卢雅岚道："只要你爱吃就好！八年前我点的也是这些菜啊！可惜，你去与贵夫人约会去了！"

徐世新不悦地道："不许你提她好吗？"

卢雅岚忙说："对不起，转而拿起筷子为徐世新边夹菜边说："既然都是你爱吃的菜，那你就多吃些吧！"

两个人边吃边谦让着，真可谓相敬如宾。

卢雅岚正欲拿酒相敬，徐世新抢先拿起了酒瓶，为卢雅岚斟满一杯红酒，又为自己斟满一杯，端起来道："这一杯是八年前的那杯罚酒，我先喝了！"说罢一饮而尽，接着端起卢雅岚桌前的那杯红酒道："卢雅岚，你爱我吗？"

卢雅岚从容地道："八年了！我爱你一直在心口难开！可是，我能夺人之爱吗？"

徐世新道："说得好！我们干一杯！"说着将酒斟满与卢雅岚碰杯而饮。

徐世新道："你爱我可是你亲口说的，其实我更爱你，请你不用怀疑！我今天约你来，想告诉你个重大决定，我要与魏一品离婚，而且净身出户！"

卢雅岚怀疑地望着徐世新道:"太突然了吧?"

徐世新道:"不突然!这是我与魏一品婚姻的必然结果!我并非跟你说着玩的,只要你答应我,我立刻就去与她办理离婚手续!"

卢雅岚心存疑虑地道:"可是……"

徐世新道:"可是什么?"

卢雅岚道:"她们家的蛮横霸道我不说你也知道,魏一品要是认为我霸占你怎么办?她要是闹到单位来怎么办?"

徐世新道:"是你爱我重要?还是怕他蛮横霸道重要?"

卢雅岚一脸释然地道:"那当然是爱你重要!"

徐世新道:"这就好办了!我们不必怕她们什么!"

卢雅岚道:"你能依然决然的离开豪门,净身出户,你真是一位清高可爱的男人,我爱你!"两人紧紧地拥抱在了一起。

42.魏一品餐厅内　傍晚

餐桌前魏一品与徐世新无言对坐着,各自吃着饭。

小宝坐在中间看看魏一品,又看看徐世新道:"爸爸,妈妈,你们干嘛不说话,干嘛仇人似的?怪吓人的!"

魏一品旁敲侧击地道:"是吗?我看这个家里的仇人够凶狠的啊!"

徐世新铁青着脸,将筷子啪的一放,站起来正要掀桌子,外面传来了敲门声。徐世新这才顺势前去开门。

徐世新一开门,雷忠民提着一摞东西走了进来。

徐世新道:"我说老雷啊,你这是干什么嘛?"

雷忠民把东西放到旁边的桌子上道:"你们吃你们的饭!我说几句话就走!"转而对着魏一品道:"魏局长,我来没别的目的,真的求求你们啦,请你们高抬贵手吧!门店千万别让给别人!没了门店我就没法活了啊!"

魏一品放下碗筷,盛气凌人地道:"别啰唆!请你把这些东西拿回去!房子的事我已经跟人家谈定了,来不及了!你搬也得搬,不搬也得搬!"

雷忠民扑通跪在地上道:"魏局长,你就行行好吧!"

魏一品毫不理睬地道:"你别来这一套!你给我出去!"

徐世新也求情道:"魏局长!我徐世新求你别难为他好吗?把那12万退了吧!"

魏一品一见徐世新向她求情,她更觉不可一世,更加蛮横了!斩钉截铁地道:"我认准的事,谁说也不行!开弓没有回头箭!"

徐世新强压怒火,劝说着雷忠民道:"忠民!魏局长态度很明朗!人家认准的事,谁说也不行!你还是把东西拿回去吧！你挣点儿钱也不容易,人家怎么忍心收下你这点儿东西呢？你回吧,随后我帮你找个更好的门店不行吗？"

魏一品不满地道："姓徐的你别这么阴阳怪气的,有话明说好不好？"

徐世新道："你是逼着哑巴说话呀！明说吧,我决定跟你离婚！"

魏一品冷笑着道："哈哈哈！为你老乡夺回门店,你竟拿离婚来要挟我呀？你把我当三岁小孩子了吧？可笑！"

徐世新猛力一拳击在餐桌上道："不要多说了！明早我们就去民政局办理离婚手续！"

雷忠民慌忙拉住徐世新的手道："好我的徐老弟啊！你千万不能这样呀！不就是个门店吗？犯得上你们闹离婚吗？算了,门店我不要了还不行？明早我就搬出去！"

徐世新道："这是我早已决定的事儿！与你无关的！"

雷忠民折身就走,徐世新提着那摞东西跟了出去。

小宝走到魏一品跟前道："妈妈！你们别吵好不好？"

魏一品道："小宝,不吵不行啊！你爸要离婚啊！"

小宝道："妈妈,你们不能离！离了小宝怎么办？"

就在这时徐世新走了进来,又把那摞东西放在了桌子上。

魏一品厉声道:"姓徐的,你别拿离婚吓唬我!要离婚可以,你休想带走我家一个子儿!"

徐世新道:"我半个子儿都不会带走!这一点请你放心!但我必须把小宝带走!"

魏一品道:"不行!儿子是我们魏家的,绝不会让你带走!"

此刻小宝高叫着:"你们俩疯啦!干嘛要离婚?你们要离婚,我要跟爸爸走!"

徐世新冲到门口,正欲走出门外,小宝跑过去抱住徐世新的腿哭叫着:"爸爸,我要跟你走!"

徐世新回过头来,抚摸着小宝的头道:"儿子,妈妈不让你跟我走呀!你要记住爸爸的话,学会做个好男人,一定要多学本事,要自立、自强!"说罢头也不回的冲向楼下,穿过楼梯,冲出那豪门,消失在黑夜里。

豪门里传来了小宝的哭叫声:"爸爸,爸爸!我要爸爸……"

43.街道上　秋夜

秋风嗖嗖地刮着,街道两旁的法国梧桐树叶不断地落在大道上,落在徐世新的脚下,落在徐世新的身上,又滚落在地上。

徐世新茫然的向前走着,走着……

楼门前的地脚射灯喷射着淡红色光焰，把整个大楼照耀得璀璨可鉴。淡红色的灯光,使寒夜中的徐世新顿觉一丝暖意。他抬头望了望楼上的窗户,唯独卢雅岚的窗户还亮着灯光。

44.卢雅岚的房间里　夜

卢雅岚躺在床上正在阅读着一本杂志,页面上不时出现着徐世新的身影,她幸福地笑了。

突然,传来了敲门声。

卢雅岚愕然地道:"谁呀？这么晚了……"说着极不情愿地去开着门。

卢雅岚刚打开门,一见是徐世新,惊喜地道:"是你呀！外面挺冷的,快进来吧！"说着一把将徐世新拉进来,将门迅速关上。

卢雅岚转身道:"没想到你会这个时候来！快坐！"

徐世新道:"那个家我一分钟也待不下去了！净人一个跑出来了！"

卢雅岚端过一杯热茶递给徐世新道:"徐哥！外边风大,你喝口茶暖暖身子吧！"

徐世新喝了口茶道:"遗憾的是没把小宝带出来！那泼妇死活不让我带孩子！小宝的哭声一直让我放心不下！"

卢雅岚靠近徐世新坐下道:"徐哥！这让谁都

会放心不下的！不过,孩子让她先带着也不一定是坏事。"

徐世新不解地道:"你说的是什么意思?"

卢雅岚道:"你想想看!魏家有的是钱,就现在估计,资产早已过亿了!你说对不?"

徐世新道:"有道理,还是你有心计!但我总觉不放心啊!"

卢雅岚又往徐世新身边靠了靠道:"徐哥!你听说过老鳖瞅蛋儿的故事吗?"

徐世新笑了笑道:"没听说过!你真是个百事通,说说看!"

卢雅岚道:"这个故事很适合我们借鉴的!据说老鳖下蛋之后,总是在很远的地方盯着它下的蛋,老鳖日日夜夜锲而不舍的瞅着,终于有一天把蛋瞅得出了它的后代小鳖娃来!所以老鳖的蛋不是孵出来的,而是瞅出来的,望出来的!你说有意思吗?"

徐世新有所感悟的道:"太有意思了!这对我们太有借鉴意义了!这就是说,孩子放在她那里,我们天天盯着他,遥控着孩子的成长!直到他长大成人!对不?"

卢雅岚扑上去抱住徐世新道:"徐哥!你太有才了!你也会老鳖瞅蛋了!"

45.魏一品住室内　黎明前

魏一品与小宝睡在床上。

小宝在酣睡着。

魏一品被开门关门的声音惊醒。她打开灯看看墙上的电子挂历,已是凌晨四点半钟了。她在倾听着客厅里徐世新睡沙发的动静。

46.客厅内　黎明前

徐世新揭下沙发上的毛巾被盖在身上,睡下。

47.魏一品室内

魏一品听到了徐世新的打鼾声,无奈地将灯关上,眼睁睁地熬着天明。

48.客厅内　晨

徐世新坐在客厅里写着离婚协议书。

离婚协议书特写。

徐世新写完,认真地看了一遍放在茶几上,然后掏出那把带着遥控的轿车钥匙放到离婚协议书上,坐着静等魏一品起来签字。

魏一品的房门开了,她正要走过客厅去洗漱整容,徐世新站起来道:"魏局长!请你留步!离婚协议书和轿车的钥匙放在茶几上!我走了!咱们民政局见！"说罢头也不回地朝门口走去。

魏一品愣了片刻，很无奈地道："世新！你就不能等孩子醒来再走吗？"

徐世新站住了，他愣了片刻，痛心的道："我不能等他醒来！还是让我净人一个走！清清白白的走！无牵无挂的走！"说罢直朝楼下冲去。

魏一品欲喊住徐世新，但却没喊出来！她迅速跑到窗前向楼下望去，徐世新已无踪影，只见那辆轿车静静地停在院子里，她眼前出现了徐世新驾着那辆小轿车，她坐在旁边，在大街上兜风的情景，他是那么的潇洒倜傥，而她又是多么让人羡慕啊！她转身爬在茶几上嚎啕大哭起来，捶胸蹲足地道："天哪，怎么能这样啊！"

屋内惊醒的小宝跑出来摸着魏一品的头说："妈妈别哭！妈妈别哭！"

魏一品一把将小宝抱在怀里哭叫着："我的小宝哇！你爸爸这回真的走了哇！"

小宝道："妈妈！快叫奶奶、小姨去找回爸爸！小宝离不开爸爸！"说着哭叫着："我要爸爸！我要爸爸！"

魏一品擦了把泪道："小宝不哭！我这就叫奶奶和小姨过来！"

魏一品刚拿起电话，魏一美与柳翼飞闻声从楼上赶了过来。走在头前的魏一美道："大姐！又发生什么事啦？"

魏一品指了指桌上的协议书道："徐世新写了离婚协议书，要离婚！我万万没想到，他会这样呀！"

魏一美拿起协议书看了一遍，递给柳翼飞道："你看该咋办？"

柳翼飞一看道："啊？他是王八吃秤砣——铁了心了！难办呀！"

魏一美道："难办也得办！总不能让大姐守空房吧？还是请老娘来做个主吧！翼飞，你去请老娘来！"

柳翼飞应声道："是！"

柳翼飞的话音刚落地，魏小玉走进来道："不用去了！我知道是怎么回事了！我早就料到他徐世新王八蛋会照你老爸这个混蛋学的！他徐世新是身在福中不知福！"说着走到魏一品跟前道："一品，你先别理他那个协议书，你不签字，他照样办不成！我去找你老爸，让他去找他这个上门女婿！"

魏一美道："妈！你这样做不合适吧！咱们家历来都是你说了算，我老爸算老几呀？"

魏小玉道："不管他算老几！这祸是他惹的，他就得去管管！"

49.魏小玉的客厅内　傍晚

魏小玉与黄龙飞坐在桌前吃着晚饭，

魏小玉道:"今天吃过晚饭,洗锅碗的事就不再劳你了!由我来洗怎么样?"

黄龙飞道:"谢谢你的美意!"

魏小玉道:"晚上门市部你也不必去了,我洗过碗去替你值班!"

黄龙飞不解道:"你这是什么意思?好像你想赶我走似的?"

魏小玉道:"你误会了!往后家里的具体事我尽量多做一些,让你腾出手来多管管家里的大事!"

黄龙飞道:"怎么早不叫我管,晚不叫管,偏偏在这个时候叫我管,晚了!"

魏小玉道:"亡羊补牢,犹未为晚!再说了,这件事你必须得管!你总不能眼看着那个徐世新欺负你的亲生女儿吧?总不能看着你的亲生女儿被人休了吧?"

黄龙飞为难的道:"我去试试看!但是,丑话说到前头,做不通工作,你别再兴师问罪!"

魏小玉道:"怎么会呢?我谢还谢不及呢!"

50.清江市大桥上　夜

黄龙飞正在与徐世新依靠在桥栏上谈着话。

黄龙飞道:"你与一品是自由恋爱结的婚吧,怎么就因为租房子的事闹翻呢?"

徐世新道:"租房子只不过是个导火索而已!我

们是自由恋爱！但当时我看重的是她的外表和地位,结婚后我有半点自由和平等吗？我连个轿夫都不如！这一点,你比我更有体会吧？没有自由和平等的婚姻,必将是死亡的婚姻！"

黄龙飞深有感触道:"你说的太精彩了！"转而又劝解道:"不过你们离婚,会给小宝带来伤害的呀！"

徐世新道:"孩子在那样家庭会被毁掉的！总有一天我会把孩子培养成才的！所以,我认为长痛不如短痛！你忍耐了几十年,现在还在忍耐着,你忍耐到何时呢？难道你要忍耐到与她一同走进坟墓吗？"

黄龙飞道:"我与魏小玉的婚姻早已名存实亡,可我总是下不了决心！我总怕对不起九泉之下的魏市长！他是我的恩人啊！"

徐世新道:"请允许我叫你最后一声岳父大人！你要想清楚,你是与魏小玉过日子,还是与魏市长过日子？"

黄龙飞道:"当然是在与魏小玉过日子呀！"

徐世新道:"魏市长再好,他能取代魏小玉吗？"

黄龙飞拍了一下后脑勺道:"明白了！"

51.魏小玉卧室　夜

魏小雨躺在床上翻来覆去地睡不着。自言自语道:"这老东西,这么晚了还不回来！"

就在这时床头的手机响了,魏小玉拿起手机道:"谁呀?"

手机里传来黄龙飞的声音:"我是黄龙飞!"

魏小玉道:"你见着徐世新了吗?"

电话里传来了黄龙飞的声音:"见着了!"

魏小雨道:"你做通了吗?"

黄龙飞道:"我实在做不通他的工作!他是非离不中,我也……

魏小玉道:"别说了!做不通徐世新的工作,你就别回这个家!"

电话里黄龙飞的声音:"我知道你会这样说的!我今晚不回去,而且永远也不回去了!你好之为之吧!"说罢便断了线。

魏小玉气愤地对着电话吼道:"黄龙飞!你忘恩负义!"

52.何美珠的住室 夜

何美珠的住室在一所三间老式平瓦房的小院里,小院里颇有生机,平房里温馨淡雅。客厅内的墙壁是用荷花色墙纸装裱的,挂画是何美珠美术学院的同学为她手工画的,一幅画是青青水草内龙虾嬉戏图;一幅画为苍松雄鹰展翅图;上堂挂有一把刚买的骨雕蛇皮二胡,特别显眼。

何美珠在方桌前正在摆放着她做的夜宵。

此刻,外边传来了敲门声。

何美珠非常激动地前去开门,边走边说:"小芹呀,你回来的正是时候,夜宵早已给你准备好了!"

何美珠打开门一看,面前却站着黄龙飞。

何美珠惊喜地道:"龙哥呀!这么晚了,她让你出来吗?"

黄龙飞道:"这一回是她把我赶出来的!"

何美珠惊异地道:"哦?竟有这等事?"转而问道:"你是怎么找到这儿来的?"

黄龙飞道:"是小芹告诉我的!你挺存气的,买了这小院也不告诉我一声!"

何美珠道:"我想等你生日那天,请你来我这小屋做客时再告诉你,没想到你可提前来了!"

黄龙飞感激地道:"今晚相会也许是天意!谢谢她把我送到你这儿来!也谢谢你能记住我的生日!几十年我都未过生日了!"

黄龙飞边说边来到了客厅,他第一眼就看见了上堂挂着的那把骨雕蛇皮二胡,情不自禁地取下握在手里抚摸着、端详着。

何美珠道:"喜欢吗?"

黄龙飞猛亲了一口二胡的龙头道:"岂止喜欢,太喜欢了!"

何美珠道:"这是我昨天从武汉买回来的,是送给你做生日贺礼的!"

黄龙飞感激的道:"太感谢你了!这生日礼物太珍贵了!"

这时小芹回来了。

何美珠道:"小芹回来了,咱们坐下一块儿吃吧!"

黄龙飞道:"你们吃吧,我从不吃夜宵的!我先欣赏一下你小屋的陈设,过一会儿我还想拉二胡过过瘾呢!"

何美珠道:"那好吧!我与小芹吃饭了!"

何美珠与小芹母女般地吃起饭来,桌下的小猫在叫个不停。黄龙飞一直在二胡前转悠着……

懂事的小芹吃完饭起身道:"美珠阿姨我去睡门市上了,今晚的碗筷……

何美珠道:"你就别管了!"

小芹对黄龙飞道:"叔,我去了,你与阿姨说会儿话!"小芹说着走出门外,那通人性的小猫也跟了出去。

黄龙飞急转身道:"美珠,快来把桌子抬一下!"

何美珠应声道:"好的,你已经迫不及待了吧!"

黄龙飞道:"你说的不错,我拉二胡的瘾早犯了!"

黄龙飞取下二胡,坐在堂屋里校着音。

何美珠问:"音质怎么样?"

黄龙飞道:"非常地道!"

何美珠问:"你想拉一曲什么?"

黄龙飞脱口而出道:"就拉一曲《坐上火车进拉萨》怎么样?"

何美珠惊喜地道:"太好了!我也非常喜欢这首歌!"

黄龙飞道:"我拉你唱怎么样?"

何美珠道:"我不仅要唱,而且还要跳呢!"说着脱去了身上的外套,一身紧身的健美服装,使何美珠的身姿显得更加俊俏。

黄龙飞那《坐上火车去拉萨》的动人旋律响起来了,何美珠那亮丽的歌喉,优美的舞姿也随之动了起来:

山有多高啊

水有多长

通往天堂的路太难

终于盼来啊

这条天路

像巨龙飞在高原上

穿过草原啊

越过山川

载着梦想和吉祥

幸福的歌啊一路的唱

唱到了唐古拉山

坐上了火车去拉萨……

何美珠那字正腔圆的歌声,珠联璧合的节奏,飘逸优美的舞姿,无一不让黄龙飞感动;而黄龙飞所拉的二胡是那么辽阔悠扬,那么令人心驰神往,何美珠仿佛驰骋在辽阔的草原,也仿佛驰骋在一望无垠的雪原上,她完全沉侵在极乐的爱河之中。

黄龙飞和何美珠如此珠联璧合的演唱达到了淋漓尽致的境界,他们俩终于紧紧地拥抱在了一起,流出了幸福的热泪!

53.豪门电料行　晨

魏小玉在门前敲着门道:"黄龙飞,黄龙飞!怎么还不开门?"

门店里无人应声。

旁边门店的老板道:"黄老板昨晚就没回店!"

魏小玉拿起手机叫着:"喂,你是谁?"

电话里传来了何美珠的声音:"我是何美珠!"

魏小玉臭骂道:"怎么是你这个婊子!黄龙飞呢?你们存心气死老娘啊!"话未说完,魏小玉便突然昏倒在地上,浑身抽搐,七窍出血。

围观的人们谁也不敢上前触动,唯有那个富豪服装店的周老板在慌忙用手机呼叫着魏一品:"喂!你魏一品局长吗?你快来一下,你母亲出事了!"

54.土地局大门前 晨

魏一品在用手机呼叫着:"一美,我是你姐!你快来接我回家!咱妈出事了!"

魏一品在焦急地等待着。

魏一美开着出租车急驶而来。

魏一品急速上车,姐妹俩飞也似的往家里奔跑着。

55.豪门前 日

一队身着白色礼服的军乐队,吹奏着低沉的哀乐从豪门里走了出来。

紧随其后是那辆人们熟悉的敞篷轿车缓缓地驶了出来,身着孝服的魏一美满脸泪痕,在谨慎地驾着车,旁边坐着柳翼飞,两手捧着魏小玉的遗像,车后雅座上坐着身穿孝服的魏一品,她抱着小宝在抽泣着。黄龙飞坐在魏一品旁边,面无表情,神情呆滞。

接下来便是一辆殡葬车驶了出来,殡葬车上停放着一口精致的水晶棺,水晶棺里躺着那位已故冰美人——魏小玉。殡葬车两边是两队送殡的人们,他们各自手牵着从车上系下来的白色挽带,低着头,迈着沉重的步子随车而缓行着。

送殡的人群缓缓的走上大街,向前移动着。

56.清江大桥上　日

送殡的人群浩浩荡荡地走上了清江大桥。

就在这时,桥的另一端,一队迎亲的彩车也向桥上走来。彩车前面是一队乐队,身着红色礼服,奏着喜庆的音乐,迈着整齐的步伐走来。彩车是一辆豪华型的敞篷轿车,轿车在一群牵着彩带的姑娘们簇拥下健步而来。轿车的司机正是新郎官徐世新,他神采奕奕、趾高气扬,坐在旁边的是伴郎周秘书,坐在后边雅座上的是新娘卢雅岚,她身穿婚纱,如天女下凡一般美丽动人,身边坐着伴娘。

两队人马向桥中间走来。

送殡乐队一见迎亲的乐队走了过来,便停止了哀乐的演奏。

坐在车上的魏一品道:"怎么回事?"哀乐怎么停了?"

就在这时乐队的一位领班报告道:"报告东家!前边有一队迎亲的乐队,我们奏哀乐不合适的!"

魏一品道:"什么合适不合适?继续吹!"

领班的应声道:"是"

哀乐又响了起来。

当两队人马渐近的时候,迎亲乐队的乐声停了下来。

坐在车上的卢雅岚道:"怎么不吹了?"

乐队领班的前来道:"报告东家!前边有一队丧葬乐队,我们继续吹不合适的!"

卢雅岚道:"那就默默地过去吧!"

迎亲的队伍静静地往前走着。

坐在车上开车的徐世新道:"这样不合适!咱们停吹,他们却在吹着哀乐,他们也该停吹嘛!"转而对旁边的周秘书道:"周秘书!你去看一下是谁的乐队这么横?"

周秘书跑上前去一看,转身就往回跑。

徐世新问道:"怎么回事?"

周秘书道:"是魏一品的送殡队伍!魏小玉走了!"

徐世新气极地说:"原来是她这个冤家!他们吹,咱们也吹!"

卢雅岚道:"慢!这个怕不合适吧?"

徐世新道:"为什么?"

卢雅岚道:"不管怎么说,你与魏一品以往是夫妻,一日夫妻百日恩,更何况你们还有孩子小宝,再说魏小玉总归曾经是你的岳母大人嘛!还是忍让着点吧!默默地走过去吧!"

徐世新无奈地道:"好吧!"

迎亲的乐队与彩车不声不响地往前走着。

突然,送殡的人群中发出了魏一品的命令:"停!"

送殡的人群停住了。

魏一品从车上发疯似的跳了下来道:"徐世新,你等等!我要杀了你!"

说着朝徐世新开的彩车冲去。

魏一美急忙赶上去拉住魏一品道:"大姐!你这是干什么嘛?人家结婚是合法的!你无权干涉的!"

魏一品歇斯底里地朝彩车上道:"卢雅岚!你卑鄙!你不该夺人所爱!"

这时,魏小宝突然冲到徐世新跟前道:"爸爸!你带我走!我要爸爸!"

徐世新抱着魏小宝痛心地叫着:"小宝!我的好儿子!"

卢雅岚也安慰着小宝道:"小宝,不哭!等送走奶奶,我们来接你好吗?"

魏一品发疯似的挣脱魏一美的阻拦,像母老虎一样扑过来拉住小宝道:"小宝!过来!别听她的!跟妈走!"

小宝仍哭叫着:"我要爸爸!我要爸爸!"

魏一品将小宝送上车交给黄龙飞,对着魏一美说:"一美!开车!奏哀乐!"

送殡的人群在哀乐声中继续前行。

卢雅岚也向自己的乐队发话道:"乐队!奏哀乐!但愿小宝的奶奶一路走好!"

哀乐响起。

徐世新向车上的黄龙飞招着手。

黄龙飞挥了挥手,感激地留下了热泪。

57.豪门前　日

一辆微型小货车停在门前,车上已装满了室内的家俱等物。

柳翼飞提着一台笔记本电脑,魏一美端着一小盆水仙花跟着走了出来。他们刚把东西放进司机房内,黄龙飞从门店口走了过来。

黄龙飞问道:"一美,你们这是去哪儿?"

魏一美道:"爸,我和翼飞搬到教师公寓去住了!"

黄龙飞不解地问:"为什么?"

柳翼飞道:"教师公寓和谐安宁!"

魏一美道:"爸,这儿再住下去,会把人得罪完的!"说着把房门钥匙递给黄龙飞道:"爸!这是我的房门钥匙,你交给大姐吧!她想租给谁就租给谁吧!"

黄龙飞正在为难:"这……"

魏一美与柳翼飞已开车离去。

58.魏一品客厅内　傍晚

魏一品正在与小宝争执着。

小宝道:"妈妈!我想买双滑冰鞋!"

魏一品道:"太贵,而且不安全!不能买!"

小宝道:"我们班的同学都买了,就我没有!"

魏一品道:"人家都有爸爸呵护着去滑,你有吗?万一摔成残疾怎么办?你就好好待在家里!"

就在这时黄龙飞走了进来。

魏一品道:"你来有事吗?"

黄龙飞拿出钥匙放到桌子上道:"这是一美房子里的钥匙,她让我交给你!"

魏一品惊愕地道:"一美呢?"

黄龙飞道:"一美与翼飞搬到教师公寓去住了!"

魏一品一愣。

黄龙飞又掏出魏小玉房子里的钥匙放在桌子上道:"一品,这是你妈房子里的钥匙,也交给你!我往后就不进这个门了!"说着转身就走。

魏一品拿起桌上的钥匙往地上狠狠地一摔,吼叫着:"滚!你们统统都给我滚!"

吓得小宝也跑了出去。

59.卢雅岚的住室 傍晚

卢雅岚与徐世新坐在客厅翻着新婚礼薄。

徐世新用手指着礼薄上雷忠民的名字道:"你看,雅岚!雷忠民竟然上了两千元!"

卢雅岚道:"这叫受人滴水之恩,当以涌泉相报啊!要不是你跑前跑后,他能找到这么好的门店吗?"

徐世新道："这里边也有你的功劳呀！不是你的人际关系,他的生意能那么火吗？"

卢雅岚道："这就叫亲情、友情链吧!中国人的人情向来就体现在礼尚往来上啊！来而不往非礼也,往而不来亦非礼也！往后我们还要继续帮他做好生意的！"

徐世新道："亲爱的！你说的太对了！"

就在这时传来了一阵急促的敲门声。

徐世新刚一开门,小宝哭叫着扑向徐世新道："爸爸！我不想在妈妈那儿了,我要搬到你这儿来！"

徐世新抹着小宝的眼泪道："小宝不哭,慢慢说！"

卢雅岚拉住小宝的手关切的说："小宝,阿姨非常乐意你搬过来一起住呢！"

徐世新道："小宝啊,你怎么跑出来了？"

小宝道："妈妈让我滚出去！"

卢雅岚气愤地道："怎么这样对待孩子！"

小宝道："她不光让我滚！还让爷爷也滚！"

卢雅岚对徐世新道："你赶紧给魏一品打个电话,不能这样对待孩子！"

徐世新拨通了魏一品的电话道："喂,你怎么对待孩子的?你不能动不动就训斥孩子！孩子要买双滑冰鞋都不给买,你太抠门了吧？孩子要出问题,我饶不了你！"

电话传来魏一品的声音:"我的孩子由不得你管!"

徐世新道:"孩子委屈成这样,都跑到我这儿来了!"

电话里传来了魏一品的声音:"啊?"

徐世新不满地挂了电话。

卢雅岚劝导着小宝道:"小宝啊!你一个人跑出来妈妈会着急的!妈妈一时不高兴让你滚出来,她一定很后悔的!小宝还是回家好!往后要花妈妈的钱必须动动脑子,不要为玩而花钱,要为学本事而花钱,这样你才能成功,明白吗?"

小宝懂事地点着头。

60.魏一品的客厅　夜

魏小宝满脸泪痕,低垂着头站在客厅中央。

魏一品坐在沙发上厉声叫骂着:"魏小宝!你太令人失望了!没想到你竟然继承了你爷爷、你爸爸的秉性,一不顺心就想往外跑,哪儿不能跑?你竟敢跑到卢雅岚那妖精的家去,你真是气死我了!"说着拿起身边的刷子冲到小宝面前,举起刷子威胁道:"你还敢不敢去?说!"

小宝胆怯地道:"妈妈,我不敢去了!"

魏一品将刷子一甩道:"你敢再去!我砸断你的腿!从今晚你就别上床,就在这儿给我好好地站着!"说罢走进室内,将门砰地一关睡觉去了。

61.魏一品的客厅　黎明

魏一品走出卧室,一看客厅里,小宝早已无影无踪。

魏一品惊慌地在客厅内叫喊着:"小宝!小宝!你在哪儿呀?"屋里没人应声。

魏一品又在屋内找了个遍,仍未找到小宝。

魏一品拿起手机紧急呼叫着:"世新吗?小宝去你那儿了吗?"

电话里徐世新的声音:"没有!他不是回去了吗?"

魏一品道:"昨晚回来了!可今天一早又没影了!"

电话里徐世新责备的声音:"魏一品,你听好了!孩子如有个三长两短,我饶不了你!"

62.清江大桥　清晨

黄龙飞与何美珠穿着时尚的运动服,并排在桥头人行道上慢跑着。两人边跑边说着话。

黄龙飞道:"跑到这里我就想起徐世新与卢雅岚的结婚场面,太幸福了!"

何美珠道:"你是羡慕还是嫉妒?"

黄龙飞道:"当然是羡慕呀!眼看咱俩就要办登记结婚,可魏小玉却走了!太遗憾了!咱们的事只好往后搁搁了!"

何美珠道:"遗憾什么呀!那不是早晚的事儿嘛?"

黄龙飞道:"说实在的,我有些等不急了!"

何美珠道:"你也太性急了吧!如今豪门里就剩魏一品和小宝了,孤儿寡母的,也挺冷清的啊!怪可怜的!你不会怪我吧?"

黄龙飞道:"这怎么能怪你呢?这分明是魏小玉和魏一品她们酿成的恶果嘛!"

就在这时,何美珠发现桥头岗亭里躺着一个小孩。

何美珠道:"龙哥,你看岗亭里怎么睡着个孩子?"

黄龙飞道:"就是!咱们过去看看!"

黄龙飞抱起孩子道:"这不是小宝吗?怎么会跑到这儿呢?"昏迷中的小宝嘴里在说着什么,但听不到声音。

何美珠一摸小宝的头惊慌的道:"孩子的头这么烫!肯定是在高烧,快去医院!"

黄龙飞背起小宝边跑边呼喊着:"小宝,不怕!爷爷送你去医院!小宝醒醒,爷爷在你身边!"

何美珠在后紧跟着。

63.清江市电视台广告部　日

徐世新与卢雅岚急匆匆地走进广告部里。

广告部里的一位同志迎过来道:"同志,你们要办什么业务?"

徐世新从口袋里掏出一张纸递过去道:"我们要登寻人启事!"

那同志接过看了一下,道:"我们马上播出!"

卢雅岚补充道:"请你再用滚动字幕 24 小时不停地滚动播出! 找不到孩子我们着急呀!"

那同志道:"非常理解你们的心情,你们就静候好消息吧!"

64.清江市大桥上　日

魏一美开着那辆豪华敞篷车上了清江大桥,车停在了桥头。

魏一品与魏一美从车上下来,在桥上呼叫着小宝的名字,魏一品与魏一美望着桥下的江水哭叫着:"小宝,你千万不能出事呀! 妈以后再不打你、骂你了! 你回来吧!"

65.何美珠的客厅内　傍晚

何美珠与黄龙飞、小宝正在边吃饭边看电视。

突然电视上播出紧急寻人启事来:各位市民请注意! 各位市民请注意! 现在播送寻人启事! 昨晚有一八岁男孩魏小宝离家出走,白面皮,黑头发,虎头虎脑,身穿一身天蓝色校服,脚穿一双运动鞋,如有人见到,请与徐世新先生、卢雅岚女士联系,一定重谢!"

何美珠道:"抓紧给徐世新他们打个电话,就说孩子在咱们这里！免得他们着急！"

黄龙飞在打着电话："喂！世新吗？我是你黄叔！小宝现在在我这里呢！不,在何美珠家里呢！"

电话里传来了徐世新的声音："谢谢你们呀！我们马上过去！"

黄龙飞道："好啊！我与你何阿姨欢迎你们来！"

黄龙飞放下电话对小宝道："你爸爸一会就来接你！"

小宝高兴地对黄龙飞道："谢谢爷爷！"转而又对何美珠道："也谢谢奶奶！"

何美珠高兴地指着小宝道："你个机灵鬼！"

66.魏一品的客厅内　傍晚

魏一品与魏一美正在看电视。

突然,一行滚动字幕从屏幕上边缓缓而过。

魏一美惊疑地道："大姐！你看,寻人启事！"

魏一品聚精会神地看着。

魏一美道："大姐！这是世新他们发的！还不快与他联系一下,看有无小宝的消息？"

魏一品为难了。

魏一美催促着道："姐,你还犹豫什么呀！再不去追,咱们魏家的最后一个男人也要离你而去了！"

魏一品沉重地拿起电话呼叫着："喂！你是徐世

新吗？我是魏一品！首先感谢你能在电视台打出寻人启事！都怪我不好,不知小宝有没有下落？没了小宝我还活什么呀？"

67.何美珠的客厅里　傍晚

徐世新正坐在沙发上接听电话,卢雅岚坐在旁边抱着小宝在侧听着,黄龙飞与何美珠坐在对面沙发上倾听着。

徐世新对着电话道:"我说魏一品啊！你早知今日何必当初呢？说实话,孩子找到了！"

电话里传来了魏一品焦急的声音:"他在哪儿？"

徐世新道:"他就在我身边！"

电话里传来魏一品的乞求声:"我求你了世新,我不能没有孩子,没有他这豪门里的一切我交给谁呀？我求你把小宝送回来好吗？"

徐世新道:"送回去可以！但你一定要答应小宝提出的条件！"

电话传出魏一品的声音:"只要你送小宝回来,我什么条件都答应,你让小宝接电话好吗？"

徐世新吧电话递给小宝道:"小宝,你给妈妈说吧！"

小宝拿起电话道:"妈妈！你不是让我回去吗？我回去后,你不要动不动就骂、就打、就让人滚！"

电话里传来魏一品的声音:"妈妈答应你！妈妈

永远不会骂你、打你、永远不说滚字！"

小宝望了望黄龙飞和何美珠，又对着电话道："妈妈，我还有个条件，我要带着爷爷、奶奶一同回去！要不是爷爷和奶奶救我，我早没命了！你要不答应，我就永远住在何奶奶家！"

客厅里的大人们都笑了，静听着魏一品的回答。

电话里传来魏一品那果断声音："妈妈答应你！我马上去接你与爷爷、奶奶一同回来！"

黄龙飞激动地抱过小宝道："小宝，我的好孙子！爷爷、奶奶感谢你呀！"

68.街道上　傍晚

那辆豪华型敞篷车在急驶着，开车的是魏一美，她开得是那么潇洒、流畅。车旁坐着魏一品，车后排坐着黄龙飞、小宝和何美珠，他们说笑不止，车向豪门驶来。

那紧闭的豪门闪开了。

敞篷轿车向门内驶去。

——剧终

【剧本】

特别的爱给特别的你

Special love for special you

陈俊杰

作者 / 陈俊杰

作者简介

陈俊杰,笔名溪金秋,1962年生人,吉林省梅河口市人,青海省电影电视艺术家协会创作室编剧。中国编剧委员会会员、中国电视艺术家协会会员、青海省作家协会会员、青海省电影电视艺术家协会理事。已拍摄的作品:20集电视连续剧《幸福就在你身边》《诡打墙》《军旗向北》《战斧行动》《护图奇兵》《归途》。电影剧本《末代千户》获得国家广电总局2015年剧本创作孵化资金项目,同时荣获2014年青海省优秀影视剧本一等奖、荣获第二届曹禺杯优秀电影剧本提名奖,电影剧本《瀚海情》荣获2014年青海省优秀影视剧本入围奖、电影剧本《红军沟》荣获2015年青海省优秀影视剧本一等奖。电影剧本《双面警察》荣获第三届曹禺杯优秀电影剧本奖。

1.黄土高坡　日/外

贫瘠的黄土高坡上,野草瑟瑟,有些凄凉。

背景音乐播放着《社员都是向阳花》。

张亚鹏 OS(画外音):20 世纪 60 年代,正是全国闹饥荒的时候,那一年我刚刚十四岁,我娘因为家里揭不开锅了,偷了生产队的土豆,被批斗得抬不起头来自杀了。父亲挑着担子把我带到了赵家庄。一晃十年过去了,我的青春岁月就从这个山沟沟里开始了。

2.山卯卯　日/外

张亚鹏把一条红红的纱巾系在了李桂花的脖子上,李桂花含情脉脉地注视着他,继而羞涩地垂下了头盯着红红的纱巾。

张亚鹏与李桂花肩并肩地坐在一起。

李桂花:亚鹏哥,这个纱巾不少钱吧?几天才能挣回来呀?

张亚鹏:(笑了笑)这个你不要管,只要你喜欢就可以了。

李桂花:(嗔怪地)为什么不让我管?我偏要管!而且要管你个永世不得翻身。

张亚鹏:(洋洋自得地)好!求之不得啊!

李桂花知道自己说漏了嘴,害羞地将头扭到了一旁。

张亚鹏:(拽着她的手)桂花,咱村里那么多小伙子虎视眈眈地看着你,你怎么会喜欢我呢?

李桂花:(头埋得更深了)俺……俺不告诉你……

张亚鹏:(扳着她的肩膀)快!坦白交代。

李桂花:(挣脱了他)别这样好吗?(惊悚地窥视了一番)让人看见了,非说俺们搞资本主义情调不可?

张亚鹏:(环顾了一下四周)没有人嘛!(若有所思地)桂花,你娘同意咱俩处吗?

李桂花:(点点头)俺娘说你头脑灵活,又勤快,是个过日子的料!

张亚鹏:(兴奋地)桂花,你放心!以后等你过了门,俺绝不会让你挨冻受饿的。

李桂花:(自信地)俺信!(低声地)俺娘说,等爹回来了,就把咱们俩的喜事给办了。

张亚鹏:(发怵地)你爹他不会答应的。

李桂花:(倔犟地抬起头)俺的事情,俺自己做主!

3.李老三家室内　日/内

李老三:(把酒碗一顿)不行!反了天啦!

李桂花:(瞪大眼睛)为什么?

李老三:(愤恨地)你别忘了,你爹这十年大狱是怎么蹲的?坑完老的又想祸害小的?狼心狗肺!

李桂花:(辩解地)爹,你讲不讲道理?你那一枪差一点要了亚鹏哥的命,你知道吗?

李老三:(狡黠地)他……他比兔子跑得还要快,这……这能怪我吗?

李桂花:(睥睨了他一眼)狡辩!

桂花娘:妮子,你就少说两句吧!

李桂花饭碗一丢,走出了屋……

李老三端起酒碗陷入了沉思之中……

4.【闪回】山沟里　日/外

一只雪白的兔子在草丛中吃草。

少年张亚鹏蹑手蹑脚地向兔子扑去。"啪"地一声枪响,张亚鹏在抓住兔子的同时,自己中枪栽倒在地。

少年张亚鹏两只小手紧紧地抓着兔子。

张广 OS：亚鹏——亚鹏——（跑过来）这是谁开的枪啊？（大吼）是谁开的枪？

李老三 OS：俺！（端着枪跑过来）这娃怎么比兔子跑的还快呀？明明是俺先看到的兔子。

少年张亚鹏：（搂着兔子）是俺先抓到的！

张广：（哭丧着脸）傻孩子！命都要没了还挂念兔子呢？真是舍命不舍财啊！（对李老三发火）竖在那干嘛？赶紧把娃送医院啊！

李老三：（耍泼皮地坐在地上）要钱没有，要命一条！（嘟囔着）没钱拿什么看病？

张广：（气得直跺脚）你这个泼皮！无赖！人命关天，你就这么袖手旁观吗？（背起儿子）你等着！

鲜血渗透了少年张亚鹏的裤子，不停地流了下来……

李老三内疚地垂下了头……

5. 张亚鹏家　日/内

张亚鹏坐在一个破旧的饭桌前吃饭，他香甜地吃着玉米糊糊和玉米面饼子。

张广坐在炕沿上抽着旱烟袋。

张广：（若有所思地）李老三不会把桂花嫁到咱们张家，他恨死俺们啦！唉，当初……

张亚鹏:(几分埋怨地)爹,当初就不应该举报他。

张广:(内疚地)如果不举报他,李老三就不会进监狱的?(磕了磕烟袋)私自养猎枪本来就犯法——更何况又把你打伤了,唉!

张亚鹏:爹,如果你不去到赵大队长那里告发他?

张广:(抢白地)不去告发他,咱们也犯法!(直言不讳地)再说,俺不是告发李老三有功,赵大队长能让咱们爷儿俩在这地方落户吗?唉,落不了户,咱爷儿俩还得在黄土高坡上漂。

张亚鹏终于明白了,没有吭声。

张广:(解脱地)虽然告发了李老三,可是爹没有讹他们老李家啊,也没有白白地在他们家养伤啊?

6.【闪回】李老三家院内　日/外

桂花娘坐在院内,在一个柳条笸箩里搓玉米棒。

少年张亚鹏扶着门一瘸一拐地走出了屋,欲向笸箩旁边移动,少年李桂花拿着一个板凳从屋里跑出来,看见他的样子,狠狠地瞪了他一眼。

少年张亚鹏:婶子,俺帮你。

少年李桂花:(气愤地推倒他)哪个稀罕你帮?无赖!赖皮!

正在扫院子的张广连忙丢下扫把跑了过来,不满意地剜了她一眼,上前扶起了张亚鹏。

少年张亚鹏:(疼痛难忍地辩解)俺这腿是你爹打伤的。

桂花娘:(拽过桂花朝她屁股上打)死妮子!咋怎么不懂事啊?打死你算了。

张广:(拦住她)他婶子,甭打孩子了。(从她手里夺过桂花)这枪伤本应该去医院的,俺们没有。

桂花娘:(伤心地)大哥,妮子不懂事!别往心里去啊?

少年李桂花充满敌意的目光看着张亚鹏。

少年张亚鹏扶着墙一瘸一拐地朝屋里走去……

张广:(拿起水桶准备去挑水)他婶子,你放心!俺们不会白吃饭的!(挑起水桶离开了院子)

桂花娘悲痛欲绝地哭了,手里不停地朝笤箩里搓玉米。

张广OS:唉!俺一辈子没歪歪过心眼儿,就这么一次——唉,自私了一回呀!

7.村外小树林中　暮/外

张亚鹏、李桂花各自依偎在一棵树干上,忧心忡忡地彼此互视着对方。夕阳照射在他们的脸上,脸上多了一层绚丽的光芒。

李桂花六神无主地摆弄着红色的纱巾。

张亚鹏:(打破了沉静)你爹一直记恨着俺们?

李桂花:(喃喃地)他不知道你们是好人。

张亚鹏:(苦笑地)当初你不是一样记恨俺们吗?还有,你当时也特别记恨俺爹。

李桂花:(反驳地)爹是俺们家的顶梁柱,这一下子改造十年,俺们孤儿寡母的怎么支撑过来的!记恨也是自然的!亚鹏,难道你也责怪俺?

张亚鹏:(笑了笑)桂花,你误会了! 俺不是那个意思!

李桂花:(揪住他的耳朵)什么意思吗?

8.[闪回]放学路上　日/外

李桂花:(揪住他的耳朵)什么意思吗?

张亚鹏:(咧着嘴)桂花,你这么凶,还能嫁出去吗?

李桂花:(变本加厉地揪住他的耳朵)再胡说? 就撕烂你的嘴! 让你胡说,再胡说八道!

张亚鹏:(挣脱开了)桂花,毛主席教导我们说,要文斗不要武斗。你收敛一些,或许毕业了俺能娶你!

李桂花:(一边追赶一边)凡是反动的东西,你不打他就不倒!

张亚鹏:(面对着她气她) 桂花, 我说的是真心话!你这样凶巴巴的样子,会颠覆你在我心目中的形象……(他继续后退,一下子被树枝绊了个仰八叉)

李桂花趁机追赶打他,不小心也被树枝绊倒,一下子压在了张亚鹏的身上,二人四目相对,近在咫尺……

张亚鹏被突如其来的状态惊呆了,僵直的目光盯着她……

李桂花脸色绯红,羞涩得不知所措。

张亚鹏终于醒悟了,欲伸手抱她。

李桂花迟疑了一下挣扎着站起,捡起地上的书包拼命地跑了……

张亚鹏:(连忙爬起来高喊)桂花——桂花——

喊声响彻整个山谷……

9.村外小树林中　暮/外

二人忍俊不止地大笑起来。

张亚鹏:(表白地)从那一刻起,你的光辉形象就深深地烙在了俺的心里,俺暗暗地决定娶你。

李桂花:(嗔怪地)亚鹏,你可想好了?俺凶巴巴的,你不怕吗?

张亚鹏:(狡黠地)凶是凶了一些,但可以改造,再接受俺这个贫下中农的教育,会成为栋梁之材的。

李桂花:(嗔怒地)干嘛接受你的再教育?俺是地富反坏右吗?(心有余悸地)俺爹虽然被政府改造了,但不代表俺们一家人就是坏人啊!

张亚鹏:(尴尬地)桂花,你误会了!俺丝毫没有歧视你们的意思?

　　李桂花:(莞尔一笑)那么你是说你未来的岳父喽?(一本正经地)亚鹏,俺爹可说了,就是把俺垫猪窝,也不会嫁给你的。

　　张亚鹏沉默了。

　　李桂花:(挑衅地)咋,怕了吧?

　　张亚鹏:(跃跃欲试地)啥? 我怕? 桂花,你等着,俺明个儿就去你们家提亲。

10.张亚鹏家室内　夜/内

　　张广:(瞪大眼睛)啥? 让俺去李老三家提亲?(他摇了摇头)亚鹏,你还是饶了你爹吧?

　　张亚鹏:(趴在被窝里)爹,俺已经答应桂花了。

　　张广:(吧嗒吧嗒地抽着旱烟袋)唉,亚鹏啊,李老三对你爹恨之入骨——俺去提亲,不是热脸贴人家的冷屁股吗?

　　张亚鹏:(信誓旦旦地)你不去,俺自己去!

　　张广:(冷笑)谁去结局都是一样的!(默默地坐在炕沿上抽烟)

　　张亚鹏心烦意乱地扯起被子盖住了自己的头……

11.李老三家院内　日/外

　　张亚鹏跌跌撞撞地从屋里出来。

李老三 OS:滚!滚出去!(紧接着就是一包包东西被抛出门外)

李桂花:(从屋里跑出来)爹!你干吗?

屋里抛出了两瓶白酒,酒瓶被摔个粉碎,白酒四溅……

桂花娘长吁短叹地从屋里出来,垂着头不敢正视张亚鹏。

李老三 OS:俺就是把桂花垫猪窝,也不会嫁给你!你就死了这份心吧。

李桂花:(倔犟地)俺的事俺自己做主。

李老三:(站在门口怒吼)俺打折你的腿。

张亚鹏满含热泪地弯腰从地上一粒一粒地捡起散落的糖果。几只小鸡争先恐后地在地上争抢散落出来的点心。他伸手拾起点心,被一只公鸡啄了一口,鲜血慢慢地渗出……

李桂花:(倔犟地)俺就嫁给他!你不能包办俺的婚姻……(伤心地哭了起来)

李老三:(愤怒地)反了反了,今天俺就打死你。(操起了门口旁边的一把锄头向桂花打去)

桂花娘:(拼命地抱着他)桂花,你就别吭声了行不行啊?

李老三挣扎着举起了锄头。

李桂花绝望地跑出了大门……

张亚鹏见状,连忙丢掉手中的点心追赶李桂花,边跑边喊……

张亚鹏:(高喊)桂花——桂花——(跑出了大门)

几只小鸡见点心又散落下来,连忙争先恐后地啄个不停……

12.山坡上　日/外

李桂花绝望地在山坡上奔跑……

张亚鹏:(一边追赶一边)桂花!桂花!

李桂花戛然而止地站在山坡上。

张亚鹏:(跑了过来)桂花——(嘶哑地)俺真的没有机会了吗?

李桂花蓦然回头,一下子扑到了他的怀里,失声痛哭起来……

张亚鹏紧紧地搂着她,眼泪再也控制不住了,顺着脸颊流淌……

13.张亚鹏家室内　日/内

张亚鹏躺在炕上头上敷着毛巾,目光呆滞……

李桂花忧伤地朝他走来……

14.【闪回】山顶上　日/外

少年张亚鹏低着头在白纸上画着铅笔画……

少年李桂花手里拿着一张红红的剪纸跑过来,站在张亚鹏身后,全神贯注地看着他绘画。

少年李桂花:(纳闷地)你画的是什么呀?

少年张亚鹏:(回头笑了笑)凤凰啊。

少年李桂花:(不高兴地)你为什么要画凤凰?

少年张亚鹏:(一头雾水地)咋了?

少年李桂花展开了手中的剪纸。

少年张亚鹏:(惊讶地)噢,红凤凰。(欲伸手拿剪纸)

少年李桂花把剪纸藏到了背后。

少年张亚鹏:(不解地)你……咋了?

少年李桂花:(噘着嘴)俺喜欢凤凰,你为啥也喜欢哩?

少年张亚鹏:(笑了)你喜欢为啥俺就不能喜欢?凤凰是鸟中王,哪个不喜欢呦?

少年李桂花:(蛮横地)俺跟娘学了好几年,好不容易才剪成这样——没想到你画的比俺还好?

少年张亚鹏:(开心地笑了)桂花,俺打小就喜欢凤凰,俺娘也会剪凤凰。

少年李桂花:(不相信地)俺不信!你拿来给俺看看。

少年张亚鹏拉起她向山下走去。

少年李桂花:你干吗?

少年张亚鹏:带你看俺剪的凤凰啊!

少年李桂花愉快地跟随他走去……

15.【闪回】张亚鹏家屋里　日/内
少年张亚鹏扎着板凳翻着一个木匣子。
张广OS:亚鹏,你翻腾什么?(他站在了少年张亚鹏的旁边)
少年张亚鹏惊悚地一抖,从板凳上栽了下来。
张广:(抱住了他)告诉爹,找什么?
少年张亚鹏:(喃喃地)俺想给桂花看看……俺娘的剪纸……(失落地)没找到。
张广发现他,在木匣子里拿出了一个牛皮纸信封递给了他。
少年张亚鹏拿起牛皮纸信封,拉着少年李桂花跑出了屋……

16.【闪回】张亚鹏家院外　日/外
少年张亚鹏自豪地展开了剪纸给少年李桂花看。
红纸剪出的凤凰栩栩如生。
少年李桂花:(嫉妒地)俺没有你娘剪的好,俺太笨啦!
少年张亚鹏:你可以按照俺娘的剪呀。
少年李桂花:(兴奋地)太好了,俺有两个凤凰喽!(她把两个剪纸叠在一起)

少年张亚鹏笑眯眯地注视着她……

17.张亚鹏家室内　日/内

张亚鹏眼睛湿润了,他完全陷入了沉思之中……

李桂花 OS:亚鹏,你咋样了?

张亚鹏扭头,看见李桂花已经坐在了自己的身边,他欲坐起……

李桂花:(摁住了他)亚鹏,俺来看看你。

张亚鹏:(不以为然地)俺没事。(试探地)桂花,俺真的没有一点儿机会了?

李桂花:(黯然神伤地)听俺娘说,赵忠厚已经托了媒人……让俺嫁给赵小胖。

张亚鹏:(挣扎着坐起)不行! 俺一定娶你!

李桂花扭过脸哽咽了起来……

张亚鹏:(痛苦地高喊)老天爷啊,你咋这么不公平呀?(他抱着头绝望地垂头哽咽了起来)

18.张亚鹏家后窗外　日/外

李老三听到张亚鹏的喊叫声窃喜,欲转身离开,又听到了张亚鹏的声音,他止住了脚步,窃听……

19.张亚鹏家室内　日/内

张亚鹏:(一把抓住了李桂花的手)桂花,你是不是很想和俺在一起呀?

李桂花痛苦地点点头。

张亚鹏:(憧憬地)咱们离开这个地方,一起到外面过日子吧。

李桂花迷茫地望着他,不知所措……

张亚鹏:(不由分说地)俺不会亏待你的,你等俺两天,俺去借些钱……咱俩也走西口怎么样?

李桂花惊讶地盯着他……

20.张亚鹏家后窗外　日/外

李老三闻听大吃一惊,他沉思了片刻,蹑手蹑脚地离开了……

21.山峦上　暮/外

张亚鹏孑然一身在山峦上彳亍而行……

夕阳洒落在他的身上,如同铜人雕塑一般。夕阳中,张亚鹏的剪影……

山谷中传来了张亚鹏高亢的信天游。

张亚鹏:(唱)我低头向山沟放声高歌/凄凉的泪珠儿心里流过/相思茫茫满山丘/难舍妹妹哟我心上的人/白皙皙的脸儿水灵灵的眼/眸一眼妹妹哟魂也飞/红嘟嘟的嘴唇白生生的牙/亲一下小口口醉了天涯……

信天游在黄土高坡上空回荡……

22.山路上　夜/外

张亚鹏急匆匆地山路上行走。

夜幕已经降临,四周灰蒙蒙的,黑黝黝的远方充满了恐怖。

张亚鹏加快了脚步。两个黑衣人手执木棒站在了他面前,张亚鹏顿时僵持了,不敢向前迈半步……

黑衣人甲:(淡淡地)朋友,最近手头儿有点紧,能不能借俩钱儿花?

张亚鹏:(拒绝地)俺没钱!(手下意识地捂了捂上衣兜)

黑衣人乙:(凶神恶煞地)没钱?打死喂狼算了!(拿起木棒戳在了张亚鹏的胸口上)

张亚鹏一个趔趄险些栽倒,他努力地站稳了脚跟,奋力向山下狂飙,他边跑边喊。

两个黑衣人紧紧地追赶。

张亚鹏:(歇斯底里地高喊)救命啊!救命啊——(脚下被东西绊了一下,一个跟头趴在了地上)

黑衣人甲薅起他,狠狠地甩了他两个嘴巴,然后将手伸进了他的上衣口袋中……

张亚鹏死死地护住自己的上衣口袋,见没有见效,就狠狠地咬着他的手背不松口……

黑衣人甲疼痛难忍地叫了起来。

黑衣人乙举起木棒打在了张亚鹏的后脑勺上。

张亚鹏顿时晕倒在地……

23.张亚鹏家室内　日/内

张亚鹏头上裹着纱布从昏迷中慢慢地睁开了双眼。

张广:(惊喜地)亚鹏,你可醒过来了,唉,捡条命啊。

张亚鹏:(欲哭无泪)爹,俺遇到抢劫的了……钱……钱让他们抢走了……完了……彻底完了!

张广:(惊讶地)钱,哪来的钱? 多少啊?

张亚鹏:(从牙缝中挤出)从王家湾……借的……整整五百块……

张广闻言有些站立不稳,一下子瘫坐在炕上……

张亚鹏:(慌乱地)爹,你……怎么了?

张广:(凄惨地一笑)爹没事儿! 亚鹏,钱没了就没了吧,破财免灾。人没事就好!

张亚鹏内疚地流泪……

24.村外小树林里　日/外

张亚鹏自责地捶着头,泪水簌簌地流淌。

李桂花:咋了? (纳闷地)你哭啥?

张亚鹏:(绝望地)咱们走不成了,钱让人给劫去啦!完了……彻底完了!(他伤心地哭了)

李桂花:(反问)再没有别个法子?

张亚鹏无可奈何地摇摇头。

李桂花:(黯然失色地)赵忠厚已经让三仙姑到俺们家说媒了……这可怎么办呢?

张亚鹏:(喃喃地)桂花,只要有好婆家,你就嫁了吧!把……俺……忘了吧!(扭过了身)

李桂花:(较真地)真心话?

张亚鹏保持沉默……

李桂花火了,扳过他的肩膀,审视的眼睛死死地盯着他……

张亚鹏不敢正视她的目光,耷拉着脑袋。

李桂花:(咄咄逼人地)你说的是真心话?说……说呀?到底是不是真的?你说话呀?

张亚鹏终于再也控制不住了,一下子将她揽到怀里,紧紧地抱着她……

李桂花投入他的怀里,闭上了双眸……

张亚鹏:(撕心裂肺地)桂花,咱俩有缘无分啊……可是……俺不能没有你呀,让俺咋办啊?老天爷啊……你咋这样对待俺呀?(揪心地)桂花,俺娶不了你……就祝福你吧!

李桂花:(爱莫能助地)亚鹏,既然你不能娶俺

……就要了俺吧！（紧紧地搂住了他的脖子）

张亚鹏疯狂地亲吻着她……

二人慢慢地倒在了草地上，不停地在地上翻滚起来……

茂密的树叶郁郁葱葱，树枝在天空下移动……

25.李老三家室内　暮/内

李桂花疲惫地走进屋，一眼就看见了炕上撂着的崭新的布料。

李老三:(笑眯眯地)桂花,下午三仙姑来了,赵大队长答应你和赵小胖的婚事了。

桂花娘:(指了指布料)闺女,这是赵家送过来的聘礼。

李桂花冷冰冰地坐在了炕沿上。

李老三:(邀功地)赵小胖在县上当公安,端公家的饭碗,吃皇粮,到了赵家不愁吃不愁穿,多少人眼馋着呢!

桂花娘:(劝慰地)桂花啊,你爹说的在理儿! 赵大队长能和咱家攀上亲,你爹以后在村子里走路也不会低头了。

李桂花:(嘟囔着)俺和他没感情。

李老三:(训斥地)啥叫感情? 能生娃就行! 老赵家为啥能相中你,还不是因为你是农村户口,多生几个娃吗？

桂花娘：(附和地)过了门生了娃,感情慢慢地就有了。

李桂花：(倔犟地)反正俺不会嫁给他！

李老三：(火冒三丈地)你敢？日子已经定了,七月十八就过门儿成亲！

李桂花一头栽倒在炕上,扯过被子盖住了头……

26.张亚鹏家室内　晨/内

张亚鹏躺在炕上还没有起床,外面传来了一阵鞭炮声,他掀开被子坐了起来。

张广朝饭桌上端着饭菜。

张亚鹏：爹,听见外面的鞭炮声了吗？谁家办喜事？

张广狡黠地摇摇头。

张亚鹏：(询问)爹,今天是阴历多少了？

张广：好像是七月十八吧！

张亚鹏闻听连忙机械穿鞋下地,慌忙地向门外跑去……

张广 OS：亚鹏,吃饭……还没有吃饭呢？

27.山梁上　晨/外

张亚鹏站在山梁上向村内眺望……

28.村内路上　晨/外

一挂迎亲的牛车在村路上缓缓地行走，车上坐着迎亲的女孩和新娘子——李桂花。迎亲队伍中没有赵小胖，赶车把式扯着嗓子唱着信天游……

李桂花头上插着红花,红色的袄,脖子上系着红红的纱巾;她魂不守舍地四处眺望……

牛车在信天游的歌声中渐渐地远去……

29.山梁上　晨/外

张亚鹏望着远去的牛车心碎了，他撕心裂肺地慢慢地跪在地上，双手拼命地抓住了摇曳的野草……

30.张亚鹏家院内　日/外

张亚鹏失魂落魄地走进了院内。

张广:(拿起锄头)饭在锅里,你自己吃吧。

张亚鹏站在父亲身边足两分钟没有动……

张广:(告诫地)眼不见更干净……(欲回头)看了又能怎么样？唉,早上就没告诉你,可你还是去了？

张亚鹏:(喃喃地)就是想再看桂花一眼。

张广:(叹了口气)唉,都是命啊！桂花天生就不是你的婆姨……亚鹏,想开了吧？

张亚鹏不耐烦地走进了屋……

张广:(絮絮叨叨地)忠言逆耳啊！桂花这闺女不

错,可惜不是张家的婆姨啊!李老三给闺女攀上了高枝……也不知道赵家会不会拿她当人呢?(他扛起锄头离开了院内)

31.张亚鹏家室内 日/内

张亚鹏呆呆地坐在炕沿边上,沉默不语。半晌,他从木箱子上拿过来一个塑料皮笔记本,从中间拿出一张黑白照片端详起来……

照片特写:李桂花清纯可爱的笑颜。

32.赵小胖家新房 夜/内

喜庆的新房里冷冷清清的,室内没有人闹洞房,李桂花独自一人萎缩在炕上,看着红红的蜡烛在燃烧……

赵小胖穿着洁白的警服走了进来,歉意地朝李桂花笑了笑,然后脱掉警服挂在了衣架上。

李桂花目光随着他移动,似乎很警惕。

赵小胖:(走向她)有任务没赶回来,迎亲、拜堂都没能赶上,委屈你了!(憨笑)总算赶上入洞房了……你不介意吧?

李桂花:(嗤之以鼻地)不敢!在咱们赵家凹还不是你们家一手遮天。

赵小胖:(一怔)咋这么说呢?赵家凹也是社会主

义国家的一部分。既然是社会主义国家就应该讲民主。

李桂花:(反驳地)哪个和俺讲民主了？俺是被逼无奈才……(她止住了)

赵小胖:(愕然不已)俺爹说,你是明媒正娶的!而且是受法律保护的。

李桂花:(轻蔑地)你和俺见过面吗？

赵小胖摇摇头。

李桂花:(藐视地)咱俩一起去扯证了吗？受法律保护——还不是你爹一手策划的？

赵小胖:(反问)这么说,你不愿意嫁给我？

李桂花:(瞪了他一眼)现在木已成舟啦！你得意了吧？

赵小胖无言以对,他走到衣架前穿上了警服,头也不回地走出了新房。

门"砰"地一声响,李桂花浑身一抖,她蹑手蹑脚地下炕,也走出了新房……

33.赵小胖家院内　夜/外

李桂花站在院内寻找赵小胖的身影，可是院内空荡荡的，没有他的影子；她扭头看了看东院婆婆家,赵忠厚的院内也是漆黑一片……

李桂花莫名其妙地呆滞在那里……

34.张亚鹏家院内　晨/外

张亚鹏在院内洗脸,蓦然听到了村里的高音喇叭响了起来。

高音喇叭里(是赵忠厚的声音):社员同志们前注意,为了深入贯彻落实毛主席"备战备荒为人民"的伟大号召,咱们村经过上级批准,决定在百草沟修建水库,全部过程包括大坝、涵管、溢洪道、干渠四项工程,大坝总长度320米。本项工程声势浩大,工期预计三年完成。修建工程人员是从各村选拔出来的,大家注意一下,念出名字的社员同志们,明天就去报到……

张广:(提醒地)亚鹏,听一听,有没有你呀?

张亚鹏:爹,俺听着呢!

高音喇叭继续:……刘福贵、赵大庆、胡凡……大家听清楚了吧?

张亚鹏:(兴奋地)爹,没有俺。

张广:(点点头)亚鹏,真是不幸中的万幸啊!快吃饭,吃完饭下地干活去。

张亚鹏美滋滋地点点头。

35.村内路上　日/外

张广与张亚鹏扛着锄头向村外走去。

赵忠厚迎面朝他们走来。

张亚鹏见状,连忙躲在了父亲的身后,生怕被赵忠厚看见,然而还是被赵忠厚发现了。

赵忠厚鄙视了他一眼,径直向大队部走去。

张亚鹏见赵忠厚远去,连忙从父亲身后走了出来。

张亚鹏:(焦急地询问)爹,赵大队长看见俺没有?

张广点点头。

张亚鹏:(绝望地)坏了!坏了!俺是在劫难逃了。

高音喇叭又传来了赵忠厚的声音:社员同志们请注意,刚才我漏掉了一个人的名字,现在补充上……张亚鹏。

张亚鹏:(骂道）我就知道是这个不拉人屎的东西在搞鬼!俺找他评理去。(向大队部走去)

张广:(高喊)亚鹏,你回来,你回来!

张亚鹏已经走远了……

36.大队部办公室　日／内

张亚鹏:(直截了当地)大队长,俺对你的决定有意见!

赵忠厚:(笑眯眯地)是亚鹏啊,对我有意见可以提呀,咱们党是讲民主的嘛!

张亚鹏:(气呼呼地)赵大队长,俺走了以后,俺爹吃水都成问题。

赵忠厚:(安慰地)亚鹏,你放心!村里还有几个五保户,大队保证把你爹和这些五保户一起照顾。

张亚鹏：(挤出一丝笑)大队长,俺知道你对俺们一直很照顾！俺和爹背井离乡来到这儿,就是你收留了俺们父子,俺已经感恩不尽了,不想再给你添麻烦。

赵忠厚：(义正言辞地)这些都是应该的嘛！要不怎么才能体现社会主义的优越性啊？亚鹏,你也是受过教育的人,应该多为集体利益想一想嘛！伟大领袖毛主席教导我们,要斗私批修。

张亚鹏：(辩解地)大队长,俺不是那个意思！俺是想……

赵忠厚：(抢过话茬)你想什么呀？人民的利益高于一切！(严肃地)不要搞特殊化嘛,难道你还想违背毛主席的指示吗？

张亚鹏：(咬了咬嘴唇)大队长,俺去……俺去还不行吗？

赵忠厚：(笑了)我就知道你的觉悟是很高的！回去准备准备吧,明天出发！

张亚鹏额首,拖着沉重的身体挪出了办公室……

37.赵小胖家室内　夜／内

李桂花已经躺在了被窝里,室内漆黑一片。

窗外传来了几声猫叫……然后又是挠窗子的声音……

李桂花:(警觉地坐起)谁?

张亚鹏窗外 OS:桂花,是俺!

李桂花连忙把窗子开了一条缝,用眼睛向村外窥视……

38.赵小胖家窗外　夜/外

张亚鹏:(将手搭在了窗子上)桂花,俺明天就要去水库工地了,来和你告个别。

李桂花:(担心地)你走了,叔咋办?

张亚鹏:(无奈地)都是你公爹的主意!他就是怕咱俩见面。

李桂花无语地点点头。

张亚鹏:(关切地)他对你好吗?

李桂花:(嗫嚅着)我们就没在一起过!

张亚鹏一头雾水地看着她。

李桂花:(猜测地)可能他是警察吧?尊重俺……还是压根就不喜欢俺……俺琢磨不透!结婚那天晚上回来的,和我说了几句话……走了……再没有回来过。

张亚鹏:(纳闷地)这是咋一回事嘛?难道他真的跟他爹不一样,还是伪装的?

李桂花:(摇摇头)亚鹏,别管他了,(醒悟地)东院还亮着灯吗?他们一直在监视俺。

张亚鹏:(扭头看了看)桂花,灯还亮着呢!俺走了。

李桂花:(叮嘱地)工地上干活多留点神,记得回来看俺。

张亚鹏:(点点头)俺知道。桂花,你多保重!(他迅速地离开了院子,消失在夜幕之中)

李桂花悄悄地打开窗子寻觅他的影子……

39.水库工地上　日/外

一个简易的大灶台不停地冒着热气……

王小美和两个女孩在灶台前不停地忙碌……

几十号民工站着排手拿饭盒等待打饭菜,张亚鹏也站在了队伍之中。众人一个挨一个地向前打饭……

张亚鹏端着饭盒站在了王小美的面前。

王小美:(递给他一个饼子)哟,是亚鹏哥啊,你也来了?

张亚鹏:(惊讶地)呀,是小美。(关切地)大山叔叔好吗,身板还硬朗吧?

王小美:(点点头)挺好的!哎,嫂子好吧?

张亚鹏尴尬得没有吭声。

身后民工:(怒吼)还让不让人吃饭了?有话回家说去!

王小美:(剜了他一眼)喊啥?(拿起勺子在大锅

里给张亚鹏捞了一勺子干糊糊的菜)

张亚鹏朝王小美点点头,端着饭盒离开了。

40.工地帐篷旁边　日/外

张亚鹏独自一人蹲在帐篷旁边吃饭……

王小美:(走过来悄悄地塞给他一个玉米面饼子)亚鹏哥,工地上活儿累,留着饿了吃。

张亚鹏:(接过饼子)谢谢你,小美。

王小美:(蹲在他身边)亚鹏哥,难道你没有……成亲?你上次来俺家说,回去就成亲。莫非……(她打住了话语)

张亚鹏一下子触动了伤心处,脑袋垂下了,沉默了起来……

王小美:(顿时醒悟了)对不起!亚鹏哥。

张亚鹏默默地吃饭……

41.工地帐篷里　夜/内

通铺上躺着十几个民工,鼾声此起彼伏……

张亚鹏翻来覆去地折腾着,丝毫没有困意。他头枕着双手望着帐篷顶,黝黑的帐篷里分不清人,只有络绎不绝的酣睡声。

张亚鹏悄悄地坐了起来,下地走出了帐篷……

42.旷野中　　夜／外

　　张亚鹏心烦意乱地向旷野中走去……

　　远处的水库工地上灯火通明,红旗迎风招展,高音喇叭里播放着革命歌曲《农业学大寨》。

　　张亚鹏凝视着远方……黄土高坡连绵不断……

　　张亚鹏焦急地向黄土高坡走去……

　　张亚鹏:(小声地唱)哥抬头向山谷往上一望／心上的人儿你是否还在等我／白云悠悠风儿荡荡／哥哥孤单的灵魂他乡流浪／我那三寸柔肠一寸心哟／妹妹你何时巧取都自由／想起情妹妹哟／哥哥孤寂的灵魂暖乎乎／三十里地也要把妹妹眸一眸……

43.赵小胖家院内　　夜／外

　　刘桂珍:(从屋里走出)桂花,早点歇着！娘把大门给你锁上了。

　　李桂花:(站在门口)知道了。(看见婆婆锁上了大门拐进了东院才缩回了身体)

　　插门的声音。

　　院内静悄悄的,只有从屋里泛出的惨淡的灯光。一条黑影扒开了篱笆墙跳进了院子中,蹑手蹑脚地移动到窗子旁边,侧耳窥听屋里的动静。张亚鹏警觉地看了看东院,然后学起了猫叫……

　　李桂花 OS:谁?

张亚鹏:(压低了声音)是我,桂花。

李桂花 OS:亚鹏,你等着,俺给你开门。

张亚鹏连忙蹑手蹑脚地等候在房门旁边。

房门拉开了一条缝,张亚鹏敏捷地钻了进去。通过窗帘叠印出:李桂花搂着张亚鹏的身影……

44.水库工地帐篷前　晨/外

一大群民工站着排打饭。

王小美一边给民工打饭一边寻找张亚鹏。

一团团热气笼罩着大灶台,没有打饭的民工们已经所剩无几了,还是没有看见张亚鹏的影子。

王小美若有所思起来……

45.【梦幻】赵小胖家室内　夜/内

李桂花:(从背后抱着他)亚鹏,俺不让你走,你要永久地陪着俺。

张亚鹏:(嗔怪地)乖,听话啊。还有三十里路呢,明个早上六点就开工了。

李桂花:(执意地)我不管!(紧紧地搂着他)

张亚鹏:(安慰地)桂花,为了咱们长久,你别任性好不好?听话,俺会经常回来看你的。

李桂花不愿意地松开了双手,含情脉脉地端详着他。

张亚鹏:(拉过她的手)桂花,你放心,一有机会俺就会把你夺回来。

　　李桂花:(点点头)俺信你。

　　张亚鹏:(恋恋不舍地)俺该走了?

　　李桂花:你等一下!(她打开了房门窥视了一番)亚鹏,路上小心啊。

　　张亚鹏点点头,消失在夜幕之中。

　　李桂花倚在门板上,多情地望着张亚鹏远去的身影……

46.工地帐篷里　　晨/内

　　通铺上空荡荡的,只有张亚鹏独自一人在酣睡……

　　王小美:(走到他头上)亚鹏哥,你还睡呀,不吃饭了?

　　张亚鹏:(蓦地一下坐起)哎呀,来不及了!(连忙披上衣服下地,欲向外跑)

　　王小美:(塞给他一个玉米面饼子)昨晚剩的,将就吃吧。

　　张亚鹏:(攥着饼子)小美,谢谢你!(慌慌张张地跑出了帐篷)

　　王小美望着他的背影,若有所思地抿嘴笑了……

47.赵小胖家室内　　日/内

　　李桂花坐在炕上拿着剪刀认真地做剪纸。她在红纸上游刃有余地行走着剪刀,娴熟的手法令人眼花缭乱。

刘桂珍:(悄悄地进来)桂花,你这是干嘛呢?

李桂花:(没有抬头)闲得慌,剪纸。(剪完后,丢下了剪刀)

刘桂珍:(打开了剪纸)嚯!真漂亮啊!桂花,这是凤凰吧?

李桂花:(点点头)是啊!

刘桂珍:(沾沾自喜地)想不到俺们家桂花还有这门儿手艺呀?好看,真好看!(放下剪纸,拉过她的手)桂花,小胖也是官身不由己啊,在县里工作离家又远……刚才娘去大队给他打电话了,让他抽空回来陪陪你,唉,难为你了。

李桂花:(惨淡地一笑)习惯了。(蓦然干呕了起来)

刘桂珍:(喜出望外地)桂花,是不是有了?

李桂花有些纠结了,她茫然地看着婆婆。

刘桂珍:(扶着她躺下)桂花,双身板的人不能老坐着,快躺下歇着!(替她盖上被子)桂花,你等着,娘回去给你做好吃的,补补身子!(兴高采烈地走出了门)

李桂花内疚地望着婆婆的背影。

48.帐篷旁边的旷野　日/外

张亚鹏端着饭盒坐在一大块石头上吃饭，样子十分香甜。

王小美OS:亚鹏哥,你在这儿呀?

张亚鹏:(回头)哦,是小美啊! 闲了吗?

王小美:(走到他面前)亚鹏哥,你咋总是一个人躲得远远的吃饭啊?

张亚鹏:(笑了笑)俺喜欢静!

王小美:(故意地)亚鹏哥,最近怎么没看见你画画呀? 俺打小就喜欢你画的画,跟年画似的!

张亚鹏:(高兴地)小美,你说的是真的? 俺的画有这么大魅力吗?

王小美:(点点头)亚鹏哥,你了解俺,俺从小就不会说谎。你是知道的呀?

张亚鹏:我知道,你就是个直筒子! 呵呵。(长叹一声)唉,最近没兴趣画画。

王小美端详着他,目不转睛地注视着他。

张亚鹏:(有些发毛)小美,你看俺干吗? 俺脸上有花吗?

王小美:(诙谐地)有啊,有桃花。都已经是桃花朵朵开啦!

张亚鹏:(莫名其妙地)开什么玩笑?

王小美:(揶揄地)亚鹏哥,你已经交桃花运了!

还和俺伪装呢?

张亚鹏:(自嘲地)俺张亚鹏都倒霉透顶了,哪还有桃花运啊? 甭逗你亚鹏哥了。

王小美:(审讯地口吻)你真的没有目标?

张亚鹏:(违心地)没有! 骗你干嘛?

王小美:(试探地)俺给你介绍一个要不要?

张亚鹏:(笑了)好啊! 哎,小美,哪的?

王小美:(鼓足勇气)远在天边近在眼前!

张亚鹏:(惊讶地)是……是你?

王小美:(反问)咋? 你不愿意?

张亚鹏:(机械地点头)愿意……愿意。求之不得啊! 不过……(狡黠地)不知道大山叔会不会同意?

王小美:(得意地笑了)亚鹏哥,你就一百个放心吧,俺爹平时就没少嘟囔,让俺找汉子就找你这样的。你说他能不能同意?

张亚鹏:(暗自叫苦不迭)小美,婚姻不是儿戏,等闲了,让爹去你家提亲。

王小美美滋滋地点点头,坐到了他身边,一脸的幸福。

张亚鹏:(故意岔开话题)小美,你……你是咋来工地的?

王小美:(笑容可掬地)俺爹的哮喘病又犯了,来不了工地,俺就替他来了。

张亚鹏：(关切地)大山叔严重吗？

王小美：时好时坏，老毛病了。(揶揄地)咋？关心起岳父来了？

张亚鹏尴尬地笑了。

王小美已经笑得前仰后合了……

49.赵忠厚家院内　日/外

赵忠厚坐在板凳上不停地吸着没有过滤嘴的香烟。

刘桂珍：(一边搓玉米棒一边)哎，老头子，今天俺的眼皮跳得厉害，是不是有啥事发生啊？

赵忠厚：(一本正经地)要破除迷信解放思想，满脑子牛鬼蛇神。

刘桂珍：(揶揄地)去，在家还想抓阶级斗争啊？

赵忠厚：(笑了)阶级斗争是纲，其余都是目。

刘桂珍：(剜了他一眼)老不正经！

赵忠厚：(窥视了一下周围)哪个眼皮跳啊？

刘桂珍：(扯了一小块玉米皮沾在眼皮上)喏，就是这个眼皮！

赵忠厚：(看了看)左眼跳财，右眼跳祸。哎，别教唆我犯罪好不好？俺可是觉悟很高的干部啊。

刘桂珍：(猜测地)咱们家风调雨顺的，也不会有啥事呀？莫非……莫非是小胖啊？

赵忠厚：(训斥地)如今天下太平，小胖又在县上当公安……能有啥问题啊?

刘桂珍:(抢白地)你刚才还说"阶级斗争是纲,其余都是目"呢?

赵忠厚:(不耐烦地)凡是反动的东西,你不打它就不倒……

刘桂珍:(不依不饶地)你说谁反动呢?俺告诉你,俺们家三代贫农,根红苗正!

赵忠厚:(妥协地)别得理不饶人了?俺没有旁的意思,咱家是干部,说话要有分寸。

刘桂珍:(继续搓玉米棒)俺多说一句怕啥?(小声嘀咕)你看看桂花整天摆弄那些纸片片,名誉上是咱家的媳妇,可……可她心里不知道是咋想的呢?

赵忠厚:(又接上一支香烟)咋想都没用?只要把孙子生了,咱们老赵家也就后继有人,扬眉吐气啦!

刘桂珍:(悲催地)拉倒吧!俺看她心里一直惦记着张亚鹏那小子,晚上连门都不想锁,说不定是给那小子留门呢?

赵忠厚:(不屑一顾地)张亚鹏那小子在三十里地以外修水库呢。俺不会给他这个机会的!当初俺就是怕他留在村里闹出笑话,所以才把他撵到工地上干活。

邮递员 OS:大队长在家吗?(走进了院内)

赵忠厚:(热情地)小吴啊,快进屋吧?

邮递员：(笑了笑)不了，大队长，你家的电报。(把电报递给他)大队长，回见！(离开了院内)

赵忠厚拆开电报看了看，紧锁着眉头。

刘桂珍：(关切地)谁的电报啊？

赵忠厚：(惊悚地)小胖住院了！

刘桂珍：(手中的玉米棒落在笸箩中)啥？(喋喋不休地)刚才俺就说眼皮跳不是好兆头，应验了吧！你还不停地骂俺。

赵忠厚：(怒吼地)给俺闭嘴！就是你这个乌鸦嘴叫的，灵验了吧？

刘桂珍不敢吭声了，默默地流泪。

赵忠厚：(将电报揣进兜里)别哭了！收拾收拾，去县医院。

刘桂珍麻利地站起身向屋里跑去。

一群小鸡围拢在笸箩周围，争先恐后地啄玉米粒。

50.县医院病房里　日/内

赵小胖躺在病床上，盖着洁白的被子昏迷不醒。

赵忠厚、刘桂珍焦急地站在病床前，企盼的目光落在了儿子的脸上。

刘桂珍：(哭泣地)小胖，你醒醒啊，让娘看看呀。

赵忠厚：(欲哭无泪地)儿子，你连自己都保护不了，还怎么保护人民啊？不争气的东西！

警察甲:(不悦地)同志,你们不能玷污英雄的美誉!赵小胖同志就是为了保护人民,才负伤的。

赵忠厚:(解释地)俺是他父亲。

警察甲:您是赵小胖的父亲,就更应该为赵小胖同志骄傲自豪!赵小胖同志在一起银行爆炸抢劫案中,为了国家财产不受损失才英勇负伤的!就是赵小胖同志的英勇顽强,罪犯的阴谋才没有得逞。

刘桂珍闻言,打开了被子查看儿子的四肢。

赵忠厚:(忍住悲痛)俺应该替儿子骄傲。(心有余悸地)同志,赵小胖没有危险吧?

警察甲:(啜嚅着)目前已经脱离了生命危险……但是体内还有弹片没有取出……(他走到赵忠厚面前敬礼)我代表县公安局向您敬礼!

赵忠厚再也控制不住了,老泪横流起来。

主治医生:(推门进来)病人需要安静,请你们协助我们工作。

二人点点头,望着儿子凄然泪下。

警察甲敬畏地向二位老人敬礼。

51.赵小胖家室内 夜/内

张亚鹏面对面地坐在了李桂花面前,憨憨地笑。

李桂花有些心不在焉,脸上憔悴了许多。

张亚鹏:(纳闷地)桂花,你咋不高兴了?是不是你婆婆知道我来过?

李桂花:(摇摇头)赵小胖住院了,生命垂危。

张亚鹏:(惊悚万分地)人命关天,你为什么不去看他?

李桂花:(愧疚地)俺怕你来扑了个空……所以才没有去县医院。(嗫嚅着)往返六十里路哇!

张亚鹏:(自责地)桂花,不管你爱不爱赵小胖,你都应该去探望他。你们毕竟是合法夫妻呀,再说,你一直不去看他,你公婆一定会起疑心的,于情于理都说不过去。

李桂花:(点点头)俺明白。可是……俺心里没有这份爱……俺对你才是真爱。

张亚鹏:(内疚地)桂花,咱们俩是真心相爱的,可在旁人的眼里是什么?咱们是不道德的!唉,俺知道俺对不起赵小胖,这对赵小胖也不公平。可……俺的心里根本容不下任何人。

李桂花:(伤感地)都是俺惹的祸,如果没有俺的存在,对你……对他都公平了。(哽咽了起来)

张亚鹏:(安慰地)桂花,你别瞎想了,俺虽然得不到你,可对于我,已经够满足了。听话,抽空儿去看看他?

李桂花点点头。

张亚鹏:(起身告辞)桂花,你心情不好,早些歇着……俺……俺回去了。

李桂花一下子搂着了他……

张亚鹏:(劝慰地)桂花,乖!听话啊。

李桂花慢慢地松开了双手,扭头哽咽了起来。

张亚鹏狠了狠心,毅然地走出了门。

李桂花蓦然扭过头,泪水止不住地流淌……

52.山坡上　暮/外

张亚鹏坐在一块石头上,双腿膝盖上放着一个木板,他在一个图画本上画着一幅栩栩如生的图案。

图画本特写:一个展翅飞翔的凤凰上面坐着一对童男童女,女孩嘴里叼着一支桂花,男孩全神贯注地注视女孩。

张亚鹏不停地修改着女孩,渐渐地女孩的轮廓已经接近李桂花的形象了,他继续绘制李桂花的特征。

张亚鹏:(亲吻着图画):桂花……桂花!

张亚鹏的眼前隐隐约约走来一个女孩,他不顾一切地抱住了她,嘴里不停地呼喊着"桂花"的名字。

王小美OS:亚鹏哥,我是小美,小美呀!

张亚鹏蓦然从幻觉中惊醒,连忙松开了双手,看见面前的王小美,腼腆得不知所措……

王小美:(醋意地)亚鹏哥,你能不能现实一点儿?

张亚鹏:(羞愧地)对不起!小美,俺失态了。

王小美：（体贴地）亚鹏哥，咱们有过婚约，俺就不追究了。如果不是这种状况？俺非扇你不可！

张亚鹏歉意地笑了笑。

王小美：（直言不讳地）亚鹏哥，你已经老大不小了，咱们俩到底啥时候成亲？你不会让俺等到白发苍苍吧。

张亚鹏：（语无伦次地）不会的！俺还没有让爹去提亲呢？再说……父母之命媒妁之言是必不可少的。还有……大山叔会不会接受俺？一切都是未知数。

王小美：（揶揄地）你别找借口好不好？你爹和俺爹是多年的好朋友，他们高兴还来不及呢。怎么会不同意？你拿俺当灯泡可以，万一有一天，灯泡碎了，你可就成了光杆司令啦！

张亚鹏为了掩饰自己，继续拿起木板垫着图画本画画。

王小美：（讽刺地）哟，这大鸟驮的男孩是你，女孩绝对不是俺。如果俺没猜错的话，她就是桂花喽。亚鹏，你是不是想为她牺牲一辈子？

张亚鹏讨厌地扭过了身。

王小美：（咄咄逼人地）你是不是想打一辈子光棍儿？

张亚鹏推开了她。

王小美：（火了）死亚鹏，俺知道你喜欢桂花，人家有丈夫你硬要插一竿子?

张亚鹏:(愤怒地)你胡说!

王小美:(得理不饶人地)俺已经听说了,你们的过去俺不了解,听到的都是现在。你想横刀夺爱吗?你就是喜欢她才看不上俺的,俺哪一点比不上她?

张亚鹏已经歇斯底里了,他撕碎了图画,扬在空中,双手紧紧地薅住自己的头发。

洁白的纸屑在半空中翩翩起舞。

53.县医院病房里　日/内

门被推开了,李桂花缓慢地走进了病房,她手里拿着红红的纱巾,为了掩饰微微隆起的肚子。

刘桂珍鄙视了她一眼,没有吭声。

赵忠厚:(殷勤地站起来)桂花来了,快坐下歇一歇脚。

刘桂珍狠狠地剜了他一眼,表示不满。

李桂花站在了赵小胖的面前。

赵小胖已经熟睡。

赵忠厚悄悄地拿起病历,拉了刘桂珍一把,示意让她出去,刘桂珍领会地跟着他向门外走去。

赵忠厚:(回头)桂花,你先坐一下。

二人离开了病房。

54.县医院走廊里　日/内

刘桂珍:(埋怨地)死老头子!关键的时候咋妥协了呢?在大是大非面前,你没有立场了?

赵忠厚:你懂个屁?你没看见桂花怀孕了吗?

刘桂珍:(不解地)怀孕了又咋样?还不知道是谁的呢?

赵忠厚:(揶揄地)你是真傻啊还是装傻呀?有当娘的朝自己儿子头上扣屎盆子的吗?

刘桂珍:(不服气地)小胖才回家几回呀?咋那么巧就怀上了呢?没准儿就是那个张亚鹏野小子的种!

赵忠厚:(无奈地)谁的种儿都得认!

刘桂珍:凭啥?

赵忠厚:(拿出了病历)就凭这个!大夫不是说了吗?小胖的睾丸里有一块弹片不能取,怕有生命危险。(咬着牙)就是这块弹片,导致了小胖以后再也不能有生育能力了。唉,桂花肚子里的孩子,就是咱老赵家唯一的血脉了;如果桂花保不住这孩子,咱老赵家可就彻底断子绝孙啦!(抹了抹眼泪)

刘桂珍:(终于醒悟了)噢!老头子,你太聪明了!不愧是当官的料啊?以后咱们还要对她客气一点儿。

赵忠厚:不但要客气,而且要加倍地好!只有这样,桂花才不会离开咱们家。

刘桂珍:(点点头)可……可我就是咽不下这口

气。看见她和那个野小子来往,心里就堵得慌!

赵忠厚:(劝慰地)睁一只眼闭一只眼吧!不管是谁的孩子,只要是在咱们老赵家生的,就姓赵,哪个敢去咱家领孩子?

刘桂珍:(叹了一口气)只能这样了。唉,作孽呀!

赵忠厚:(提醒地)这个病历千万不能让桂花看见,免得节外生枝。

刘桂珍:(担忧地)瞒了初一瞒不过十五啊,早晚得露馅!

赵忠厚:时间越久安全系数越高!听我的没错!(拉着她)咱们快回去吧?别让桂花看出破绽?

刘桂珍赞许地点点头。

55.县医院病房里　日 / 内

赵小胖已经醒了,他和李桂花在聊天。

赵忠厚和刘桂珍缓缓地走进了病房。

赵小胖:(询问)爹,你和娘出去了?

赵忠厚:(点点头)和你娘说点儿事。

李桂花站了起来,给他们让座。

刘桂珍:(关爱地)桂花,你快坐!你这身板不能站着。

李桂花羞愧地垂下了头。

赵小胖:(看了看她的腹部)桂花,有了?

李桂花的脸一下子红了,不知道如何回答。

赵小胖:(挤出一丝笑)好啊!终于要当爹了。(招呼她)桂花,坐下啊?站久了身体吃不消的。

李桂花感激的目光注视着他,主动抓起了赵小胖的手。

56.工地帐篷旁边　日/外

民工们陆陆续续地站排打饭,张亚鹏悄悄地落下了最后面。

王小美东张西望地寻觅着张亚鹏。

张亚鹏拿着饭盒出现在王小美面前,他尴尬地朝她笑了笑,算是打招呼了。

王小美嗔怪地鄙视了他一眼,给他打饭。

张亚鹏:(讪笑)小美,还生气吗?

王小美:(余怒未消地)不敢!你是大艺术家啊。(扭头干活去了)

张亚鹏讪讪地离开了。

57.赵小胖家院内　夜/外

大门半开着,张亚鹏警觉地挤进了院子,他抬头看了看屋里还亮着灯光,就悄悄地摸到了窗子旁边。

张亚鹏学了几声猫叫,然后挠着窗框。

李桂花 OS:亚鹏,俺知道是你!(她把窗子拉开了

一条缝,探出了脑袋)

张亚鹏:(不解地)桂花,咋没锁门呢?不怕你婆婆说你。

李桂花:他们都在县医院陪伴赵小胖呢。

张亚鹏:(醒悟地)特意给俺留的门?(钻进了屋)

58.赵小胖家室内　夜/内

李桂花:(不冷不热地)你不是有对象嘛,还来干什么?

张亚鹏:(一怔)俺……被逼无奈……才答应的呀!

李桂花:(反问)你是不是怕咱们偷偷摸摸的不长久,才找了一个替补啊?亚鹏,如果真的是这样,俺可以离婚。

张亚鹏:(愕然不已)桂花,你这个时候提出来离婚,不是给赵小胖雪上加霜吗?

李桂花:(倔犟地)俺不管!俺就是不能离开你。(委屈地哭了起来)

张亚鹏:(劝慰地)桂花,咱不能太自私了……乖!听话。

李桂花:(辩解地)爱本来就是自私的!哪个不自私?你如果不自私,怎么会偷偷摸摸地与俺约会?别冠冕堂皇地唱高调了。(哭得更欢了)

张亚鹏被她噎得哑口无言。他目瞪口呆地盯着桂花,无言以对,自责地垂下了头……

59.水库工地上　日/外

张亚鹏正在吃力地搬石头,已经汗流浃背的他似乎很为难。他终于把大石头搬到了指定地点,气喘吁吁地坐在地上喘息。

工友甲:(走过来)亚鹏,你爹病了,捎信让你回去看看。

张亚鹏:(惊悚地站起来)真的? 俺马上去请假。(他拼命地跑出了大坝工地)

60.工地帐篷里　日/内

张亚鹏机械地收拾着行李、牙具以及脸盆之类的东西。

王小美:(急匆匆地跑进来)亚鹏哥,你要走吗?

张亚鹏:俺爹病了,俺回去要照顾他一段时间……(解释地)眼下不能回工地了。

王小美:(表白地)亚鹏哥,俺喜欢你! 真的……(羞涩地)俺等你的好消息。

张亚鹏:(笑了笑)谢谢你! 小美,俺走了,你要自己照顾好自己。(背起了行李)

王小美替他拎起了包走出了帐篷。

61.工地帐篷外　日／外

张亚鹏:(从王小美手里接过包)小美,俺回去了。

王小美:(恋恋不舍地)亚鹏哥,路上小心啊!

张亚鹏大踏步地向山坡走去,脚下的步伐十分匆忙。

王小美OS:亚鹏哥,俺等着你!

远去的张亚鹏回头与他招手告别……

王小美伤感地落泪,身不由己地哼唱起信天游。

王小美OS唱：哥哥回家妹妹瞭／眼睛不转泪蛋蛋掉／越瞭哥哥背越远／泪蛋蛋遮住了黑眼睛……

凄惨的歌声在天空中回荡……

62.山谷中　日／外

张亚鹏匆匆地走在山谷之中,换了换拎包的手,继续向前赶路。

起风了,野草在风中瑟瑟地摇曳着。

张亚鹏抬头看了看苍穹。天空中乌云翻滚,天色渐渐地变黑了,而且离地面越来越近了,好像乌云要掉下来似的,预示着暴风雨的前兆……

张亚鹏加快了脚步,想和乌云赛跑,他蓦然止住了脚步,他隐隐约约听到了男人的呼喊声……

张亚鹏顺着山谷迅速地向声音发出的地方奔跑……

李老三 OS:救命啊,救命!

天上已经掉下了急促的雨点儿,越来越急了,风雨交加让人睁不开眼睛。

张亚鹏手搭凉棚向远处寻觅,他蓦然发现了目标。

李老三手执羊鞭颤抖着。

一只狼虎视眈眈地与他对峙着,眼睛里泛着绿光,闪电之下,令人更加恐怖狰狞。

羊群已经被暴风雨袭击得溃不成军,四处乱窜……

张亚鹏意识到了李老三的处境,他立刻抛开了行李和手里的包,在雨水汇集的地上摸起了两块石头,一步一步向李老三靠拢。

李老三:(窥视到了他)亚鹏,快来救你叔啊!

张亚鹏将李老三挡在了身后,手里握着石头凝视着眼前的狼……

李老三顿时精神抖擞,挥舞着羊鞭向饿狼抽打起来。

张亚鹏右手的石头向饿狼砸去。

石头砸在饿狼的身上,饿狼哀叫了一声,欲向他们反扑,张亚鹏准备抛出第二块石头。

李老三:(高喊)亚鹏,手里的石头不能再丢了!

张亚鹏收住了手,慢慢地蹲在地上摸石头,他已经在雨水中摸到了几块石头,他将石头汇集在一起。

饿狼见张亚鹏蹲下了,见有了可乘之机,它跃起身体向张亚鹏扑去！李老三立马扬起羊鞭抽打在饿狼身上,张亚鹏见状连忙向饿狼发起了攻击,一块块石头打在了饿狼的身上,饿狼终于抵御不住对方的进攻,扭头夹着尾巴狼狈地逃跑了。

李老三感激的目光。

暴雨越下越大……

63.李老三家室内　暮/内

李老三:(拧着湿透的衣服)今天,多亏亚鹏了,老命差一点就交代了。

桂花娘:(在柜里找衣服)这怎么说啊?(把干爽的衣服丢到了炕上)

李老三:(一边穿衣服一边)今天在鬼见愁放羊,赶上天儿不好,俺赶着羊群朝家走,没想到窜出来一只狼……

桂花娘:(惊悚地)啊！伤没伤着你吧?

李老三:别打岔儿！你想啊,这大雨天哪有人哪！(将湿衣服搭起来)唉,俺以为这条老命就交代了,没想到碰到亚鹏了。这小子,愣是把饿狼撵跑啦！

桂花娘:(反问)你没好好谢谢人家?

李老三:(点上一袋烟)唉,没脸啊！(吧嗒吧嗒抽了几口)当初,咋对待人家的? 唉,真不知道哪块云彩下雨啊！

桂花娘:(揶揄地)你还好意思说啊!

李老三慢慢地抽烟。

64.【闪回】赵忠厚家院内　日/外

李老三谨慎地走进了院内,看见赵忠厚坐在板凳抽着烟卷,他讨好地走到了赵忠厚身边。

赵忠厚:(嗤之以鼻地)李老三,你不老老实实接受改造,想干嘛,是不是想搞串联啊?

李老三:(嬉皮笑脸地)大队长,你真是冤枉我啦!俺自从回来以后,那是有毒的不吃,违法的不做,本本分分的。

赵忠厚:(反问)找俺有事?

李老三:(点点头)不但有事,而且是喜事。

赵忠厚:(甩给了他一支香烟)啥喜事?

李老三伏在他耳边眉飞色舞地窃窃私语了半天……

赵忠厚:(惊愕地)情报属实吗?

李老三:(肯定地)千真万确!

赵忠厚:(站起身徘徊了一会儿)剩下的事情交给我了,你回去吧。

李老三:(转身欲行)好,好!

赵忠厚:(叮嘱地)李老三,记住喽!该说的说,不该说的……

李老三:(接过话荐儿)不该说的,打死也不能说！对吧大队长？

赵忠厚满意地点点头。

65.李老三家室内　暮/内

李老三吧嗒吧嗒抽着烟袋,内疚地默默无语。

桂花娘:(揶揄地)亚鹏这个小伙子,心眼儿好使,没这么些花花肠子。

李老三:(磕着烟灰)俺小肚鸡肠啦！没想到他会救俺？唉,真是山不转水转啊,桂花娘,饭好了吗？吃饭。

桂花娘:(睥睨地)就知道吃？(提醒地)老张头病了,你应该过去看看？冲亚鹏救你的分儿上,也是应该的。

李老三:(摇摇头)算了吧,看见他俺这心里就堵得慌。

桂花娘:(责怪地)亚鹏是白救你了？换不出来,白眼狼！

李老三:(火了)一码归一码,俺这辈子都不会原谅他。如果没有他张广,俺也许不会跟赵忠厚合计,把桂花嫁给赵小胖。

桂花娘:(明白了)闹了半天,是你这个死老头子从中做手脚啊？俺明白了,亚鹏被抢劫,都是你们搞的！

李老三:事情地过去了,还提它作甚？大队长说了,这件事打死都不能说的!都是这破嘴,胡咧咧!(催促地)快吃饭吧,磨蹭个啥?

桂花娘:(愤愤地)为啥你能遇到狼?报应!

李老三:(穷凶极恶地)别蹬鼻子上脸?有完没完了!

桂花娘转身离开了。

66.张亚鹏家室内　日/内

张广一阵剧烈的咳嗽,眼泪咳了出来。他抹了一把眼泪,伸手抓起了旱烟袋和烟荷包,他挖了一袋烟点燃。

张亚鹏:(端着一碗中药进屋)爹,你都咳嗽成这样了,咋还离不开你的烟呢!

张广又是一阵剧烈的咳嗽,一口带血的痰吐到了地上。

张亚鹏放下药碗,伸手夺下了父亲手中的烟袋,惊悚地看到了地上带血的痰。

张广:(嗔怒地)亚鹏,让爹抽两口,心里敞亮一些。

张亚鹏:(责备地)爹,你都咳血了,还抽啊?不要命了!

张广:(笑了笑)抽一口得一口,爹这辈子就这么点儿爱好。

张亚鹏:(嗔怒地)你瞎说!爹,你放心!咱们家就是倾家荡产,也要治好你的病。

张广:(惨淡地一笑)别折腾了,爹没有多少日子活头了,爹对不起呀,亚鹏。(长叹了一声)唉,到死也没能给你说上一门亲。爹死不瞑目啊!

张亚鹏:(急切地)爹,你会好的,会好起来的!别胡思乱想了好不好?

张广:(又咳嗽了一阵)亚鹏,俺对不起你亲爹亲娘啊!

张亚鹏:(惊悚万分地)爹,你是不是病糊涂了?你就是俺的亲爹呀,这种事情可不能瞎说啊?

张广:(指了指木匣子)亚鹏,把你娘留下的东西拿来。

张亚鹏取下了木匣子递给了父亲。

张广:(打开木匣子拿出了银锁)亚鹏,这个认识吗?

张亚鹏摇摇头。

张广:(悲伤地)亚鹏,你是爹从荒山野岭捡回来的。这个银锁就是你当年戴的……(愧疚地)爹一直不敢说出实情,怕你疏远爹……爹快不行了,爹再不能小心眼儿了。

张亚鹏:(歇斯底里地)不!你就是俺的亲爹!俺就是你的亲儿子!(撇开银锁哭得一塌糊涂)

67.【闪回】荒山野岭山坳中　日/外

幼儿张亚鹏戴着银锁不停地哭啼……

张广跑过来抱起他,不停地寻觅……

幼儿张亚鹏在张广的怀里美滋滋地乐了起来……

张广OS:俺和你娘一直把你当做亲生儿子,天地良心啊!特别是你娘!亚鹏,千万别怪罪爹啊?

张亚鹏伤感的OS:爹,就这样撒手人寰离开了俺,他老人家带走了很多遗憾!

68.山坡上　日/外

张亚鹏矗立在张广的坟前,他望着墓碑无声地流泪……

张亚鹏跪在墓碑前磕头……

69.赵小胖家室内　日/内

李桂花满头大汗,在分娩前做痛苦地挣扎。

刘桂珍OS:桂花,使劲儿……使劲儿啊!孩子已经露头了。

李桂花抓住被子撕心裂肺地号叫起来……

婴儿哭啼的画外音传来……

李桂花已经无力挣扎了,她无声无静地停止了挣扎,欣慰地咧嘴笑了笑。

刘桂珍:(兴奋地)桂花,是个男娃!

李桂花点点头,欣慰地闭上了眼睛……

70.赵忠厚家室内　暮/内

赵忠厚与赵小胖面对面坐在餐桌前,餐桌上摆着刚刚炒上来的菜。

赵小胖:(给父亲斟满了酒)爹,你先喝着。

赵忠厚:(一边喝一边)小胖,你也陪爹喝点儿?酒是舒筋活血的,喝上一点儿,对你恢复身体有好处。

刘桂珍:(端着炒鸡蛋上桌)小胖,陪你爹喝两口聊聊天。(上炕)

赵小胖:(自己倒了一盅酒)爹,这半年多你和娘没少替俺操心!敬您一杯。

赵忠厚:(端起酒杯)小胖啊,俺和你娘再折腾也是应该的。(喝了一口)总算安安稳稳的,爹知足了。

刘桂珍:(询问)小胖,桂花咋没过来呀?

赵小胖:(笑了笑)她给孩子喂奶呢,一会儿能过来吧!

刘桂珍:(满意地)小胖,你受伤住院那阵子,娘心里头七上八下的……(低声地)就怕桂花嫌弃你,跟你打离婚?呵呵,现在总算放心了。

赵小胖:(又喝了一杯酒)娘,想和你们商量点事儿。

刘桂珍:(嗔怪地)自家人还客套起来了？啥事？说吧。

赵小胖:(鼓足了勇气)俺想和桂花离婚！

赵忠厚:(筷子一摔)啥？

71.赵忠厚家门外　暮 / 外

李桂花抱着孩子走到屋门口,听到了赵小胖的声音。

赵小胖 OS:俺想和桂花离婚！

赵忠厚 OS:啥？

李桂花止住了脚步,迟疑了片刻抱起孩子离开了。

72.赵忠厚家室内　暮 / 内

赵忠厚:(怨恨地)怕啥来啥！俺和你娘千方百计地捍卫这个家……现在好了,散盘子了。

刘桂珍:(伤心地) 小胖啊小胖,现在孩子都有了,你还想咋样？

赵小胖:(喃喃地)孩子……不是俺的！

赵忠厚:(酒杯摔到了地上)啥？这是真的？

赵小胖默默地点点头。

刘桂珍:(哭了)让俺言中了吧？桂花啊桂花,没想到你是个吃里爬外的东西啊！狐狸精！吃俺们老赵家的粮食,偷外面的野汉子？这是造的什么孽呀！

赵忠厚:(怒吼)闭嘴!还嫌不够丢人吗?(掏出烟卷叼在嘴里,划火柴的手不停地颤抖)

赵小胖接过火柴替父亲点燃。

赵忠厚:(狠狠地吸了一口)世界上没有无缘无故的爱,也没有无缘无故的恨。理由……总得有理由吧?

赵小胖:理由很简单!(嘟囔着)俺没爱过她。

赵忠厚:(责备地)这……不是理由?结婚这么久了,难道就没有一丁点儿的感情吗?

赵小胖:(摇摇头)爹,俺实话告诉你吧?俺压根就没跟桂花在一起过。

刘桂珍:(指责地)小胖,你这不是害人吗?俺和你爹替你挽救这个家容易吗?你不领情也就算啦!这不是在俺们伤口上撒盐吗?以后俺们的老脸往哪搁?

赵小胖:(委屈地)当初俺和同学王萍处对象,你们就百般地阻挠反对。非让俺找一个农村户口的姑娘,想为赵家多生几个孩子……你们传统的封建意识,害了多少人啊?

赵忠厚:还不是为了你?

赵小胖:(反驳地)为了俺你们就不应该拆散俺和王萍?为了俺你就不应该唆使别人犯罪?

赵忠厚惊讶地望着他。

赵小胖:(解释地)俺说错了吗?刘二毛、晁大虎在县城作案,已经被抓了,他们交代了抢劫张亚鹏的经过……要不是俺徇私枉法,念你是俺亲爹,你已经被捕入狱了。

赵忠厚已经瘫在了炕上……

刘桂珍:(埋怨地)老头子,这种缺德带冒烟的事情你也做得出来?难怪咱们家这么倒霉呀?报应……报应啊!(忍不住抽泣起来)

赵小胖:(愤然地)爹,你不仅害了俺和王萍,也害了桂花和张亚鹏啊?你好好想一想吧?(转身离开了屋)

赵忠厚如同泥塑雕刻一般地坐在炕上……

73.李老三家院内　　日/外

李桂花默默地洗衣服。

桂花娘抱着孩子在院内游逛。

李桂花洗洗停停,心事重重。她抬头看了看母亲,欲言又止……

桂花娘:(询问)桂花,你想跟娘说啥?

李桂花:(若有所思地)娘,俺要打离婚!

桂花娘:(惊悚不已地)啥?离婚?

李桂花:(点点头)这是赵小胖提出来的。

桂花娘:(坐在女儿旁边)在咱村里还没有人打离婚哪,你想破这个例吗?(猜测地)真的走上了这一步,村子里可就沸沸扬扬啦!

李桂花沉思了起来。

桂花娘:(反问)赵小胖和你摊牌了?

李桂花:(摇摇头)还没呢。

桂花娘:(建议地)糊涂庙里糊涂神,他既然没说,咱就等着。(叹息地)这种好说不好听的事情尽量别发生。

李桂花明白了母亲的意思,机械地继续洗衣服。

74.田野里 日/外

张亚鹏在收割麦子,王小美一直在旁边跟随。

王小美:(追问)亚鹏哥,你到底是咋想的?俺爹还等着回话儿呢。

张亚鹏:(直起腰)小美,俺爹走的时候,拉了一屁股债……(搪塞地)真的没钱娶你过门儿。

王小美:(狡黠地)这俺知道。没钱就不成亲过日子了?俺不会要一分钱彩礼的。

张亚鹏:也不能委屈了你呀?(叹了口气)唉,横垄地捞滚子——一步一个坎儿。欠你们家的五百块还没还,又拉饥荒,没出头的日子啦!

王小美:(笑了笑)俺爹说了,只要你娶俺,那五百块钱就不要了。

张亚鹏终于明白了其中的含义,他继续挥舞镰刀割麦子。

　　王小美:亚鹏哥,俺的话你听明白了吗?

　　张亚鹏:(颔首)明白了。小美,爹过世,俺要守孝三年。等过了三年再说吧?

　　王小美:(惊讶地)啊……三年啊? 这么久呀?

　　张亚鹏:(苦笑)俺也不想啊,这是祖辈留下的规矩,没办法呀。

　　王小美:(嗫嚅着)俺回去和爹商量商量。

　　张亚鹏:(笑了)商量吧,俺等着。(他继续割麦子)

　　镰刀在麦田里飞舞。

75.张亚鹏家室内　暮/内

　　李桂花:(瞪大眼睛)这是打着灯笼都难找的好事,你……你咋推了呢? 你是不是傻呀?

　　张亚鹏:(憨笑)俺说过,俺心里容不下任何人!

　　李桂花:(无奈地)俺知道你心里想啥,可是……你也不能稀里糊涂一辈子啊? 如果俺一辈子不离婚,你就等一辈子?

　　张亚鹏:(点点头)俺认了!

　　李桂花:(在他额头戳了一指头)傻样儿! 天底下没有比你再傻的男人。

　　张亚鹏自豪地笑了。

　　李桂花:(故意地)亚鹏,俺爹这阵子一个劲儿夸你哪,说你心眼好,不计前嫌救了他。

张亚鹏:(笑了笑)应该的。(他蓦然想起了什么)桂花,俺给你看一样东西,你先闭上眼睛等着。

李桂花:(纳闷地)啥东西,还神神秘秘的?

张亚鹏:(拿出了一个纸卷)桂花,你看看。

李桂花睁开眼睛,迫不及待地展开了纸卷,大吃一惊。

一幅红凤凰图画展现在她面前——红凤凰翅膀上坐着一对童男童女,童女嘴里叼着桂花,而且神似李桂花,惟妙惟肖。

李桂花:(兴奋不已地)太像了!

张亚鹏:(自豪地)俺是用心画的。

李桂花:(诧异地)亚鹏,画画的再好也不能养家糊口,你可以利用你的手艺给别人画一些柜子啊,炕围之类的,还能挣一点儿小钱。

张亚鹏:(茅塞顿开地)俺咋没想到呢?

李桂花:(诙谐地)你满脑子都是桂花啦!

二人开心地大笑起来。

张亚鹏忍不住亲吻她一口。

李桂花:(危言耸听地)哎呦,俺婆婆来了!

张亚鹏连忙放开了她。

李桂花打趣儿地嘲笑他。

76.农户家室内　日/内

张亚鹏在玻璃上绘画,各种油彩点缀下,呈现出一幅美丽的图画。

村民赞不绝口地伸出了大拇指。

77.农户家厨房　日/内

张亚鹏蹲在灶台上在灶台周围挥舞着画笔。

村妇给张亚鹏端来了一碗开水。

张亚鹏接过开水一口接一口地喝了起来,然后抹了一把嘴巴,继续勾勒图案。

78.井台旁边　日/内

李桂花拿起扁担准备担水回家。

远处的张亚鹏见状,加快了脚步准备帮她挑水,就在此时,赵小胖跑到了李桂花身边,伸手接过扁担,替她挑水。

张亚鹏立马止住了脚步。

李桂花:(关切地)你身体还没有完全恢复,还是俺自己来吧?

赵小胖:(淡淡地一笑)别忘了俺是警察!系统大比武,俺也是夺过名次的。

李桂花:(嗫嚅地)最近家里好吗?

赵小胖:(开明地)自从你回娘家,俺就去爹那吃饭——头些天还有人找你剪纸——现在没有了。

张亚鹏见二人走过来,连忙躲到了墙边。二人挑水经过,他慢慢地走了出来。他望着二人的背影,愧疚地扭头。

79.李老三家院内　　日／外

赵小胖挑水走进院内,朝水缸里倒水。

李老三:(从屋里出来)桂花,咋让小胖挑水呢?身子还没好利索呢,就干出苦力的活儿。

赵小胖:(笑了笑)爹,俺自愿的!桂花也不让来着。

桂花娘:(拿过一条毛巾递给桂花)桂花,快给小胖擦一擦汗。

赵小胖接过毛巾擦了擦汗水,然后递给了桂花。

李老三:(指了指板凳)快坐下歇一歇。

赵小胖坐在了李老三的旁边,从兜里掏出一盒香烟,抽出一支递给了李老三,然后把香烟推到了他面前。

赵小胖:(划火柴替他点燃)爹,拿着抽吧。

李老三一边答应一边将香烟揣进了口袋中。

李桂花狠狠地剜了父亲一眼。

李老三:(吆喝着)桂花娘,赶紧弄俩菜,让小胖陪俺喝两盅。

桂花娘忙碌着去做饭。

赵小胖:(阻止地)娘,你别忙活了,俺已经吃过了。(看了看桂花)俺过来就是想接桂花回去的!俺娘想她了。

李老三:(严肃地)桂花,你没听到吗?赶快回去!

李桂花站在院内犹豫不决。

桂花娘偷偷地丢给她一个眼色。

李桂花快快地走进了屋。

80.赵小胖家室内 夜/内

孩子已经躺在炕上熟睡。

赵小胖与李桂花面对面地交谈起来。

李桂花:(喃喃地)俺知道……俺对不起你!

赵小胖:(平和地)桂花,俺从来就没有怪过你!因为咱们俩都是爱情的牺牲品。

李桂花:(诧异地看了看他):你不恨俺?

赵小胖:(摇摇头)是的,因为俺从来就没有爱过你。

李桂花:(愕然)你说的是真的?

赵小胖:(一本正经地)俺为什么要骗你?从结婚那一天,俺为什么没有和你举行结婚典礼?为啥晚上才赶回来?而且没有和你在一起。这一切都是巧合吗?

李桂花:(埋怨地)你为啥和俺办证哩?

赵小胖:那都是爹自己托熟人办理的,俺和你一起去过公社吗？(埋怨地)这都是爹一手策划的。
　　李桂花:(委屈地)既然这样,为啥要害俺呢？
　　赵小胖:(无可奈何地) 爹让俺娶你,是一石二鸟。目的就是拆散俺和王萍的爱情,其二就是娶一个农村户口的儿媳妇,可以为赵家多生儿育女。
　　李桂花:(醒悟了)你的心上人叫王萍？
　　赵小胖:(点点头)俺和王萍是高中同学,又一起分配在公安系统。俺爹是为了报复王萍的父亲,才……把俺们两个拆散的。
　　李桂花一头雾水。
　　赵小胖:(解释地) 俺爹当初和王叔叔同在一个公社,王叔叔是革委会主任,俺爹是社长。王叔叔的一封检举信……俺爹被降职到咱村的。
　　李桂花:(恍然大悟)噢,原来是这样啊？
　　赵小胖滔滔不绝地讲述。

81.赵小胖家院内　夜 / 外
　　透过窗帘叠印出赵小胖与李桂花滔滔不绝地讲述。
　　镜头移向东院的赵忠厚家。
　　赵忠厚家的窗子黑黝黝的,屋里已经熄灯了。

82.【闪回】燃烧的房子　夜 / 外
　　茅草屋燃起了熊熊大火。

火光闪烁,火海中掺杂着木头燃烧的声音。

滚滚的火海伴随着孩子的哭声,哭声特别凄惨。

浓烟滚滚,火海翻腾……

83.赵忠厚家室内　夜/内

赵忠厚惊悚的OS:火……火!

刘桂珍迅速打开了电灯,屋里顿时明亮。

赵忠厚满头大汗地从被窝里坐了起来。

刘桂珍:(询问)又做梦了?

赵忠厚:(喃喃地)又梦见小瘦了。唉,这么多年来,他还是阴魂不散啊!

刘桂珍:(伤感地)孩子死得冤啊!(哽咽了起来)

赵忠厚:(心烦意乱地)别想了,睡吧!(伸手关了电灯)

漆黑的屋里,只有刘桂珍的哽咽声音。

84.土墙上　晨/外

初升的太阳喷薄而出,霞光万道。

一只大公鸡站在土墙上引颈高歌。

啼鸣的声音在空中回荡。

85.赵小胖家室内　晨/内

赵小胖与李桂花彻夜未眠,二人脸上虽然有些疲惫,但精神已经达到了最佳状态。

赵小胖:桂花,王萍一直等着俺,俺必须去找她!

李桂花:(心有余悸地)如果王萍嫌弃你,你就回来,俺照顾你。

赵小胖:(嘻嘻一笑)你照顾俺,张亚鹏咋办?

李桂花:(嫣然一笑)他不会反对俺照顾你的。

赵小胖:(真挚地)俺先谢谢你们!

孩子蓦然哭了起来。

赵小胖:(诙谐地)怎么样? 小亚鹏已经抗议啦!

李桂花莞尔一笑,回头抱起了孩子。

赵小胖:(逗着孩子)喂,小家伙儿,叫假爹。

李桂花睥睨了他一眼。

小孩子天真无邪的笑颜。

86.山坡上　日/外

赵小胖背着行囊行走在黄土高坡上,他回头看了看小山村,义无反顾地向前走去。

刘桂珍 OS:小胖,小胖——你回来,你不能撇下娘。

赵小胖闻声停下了脚步,扭头眺望着山坡下的刘桂珍,眼睛湿润了。

赵小胖跪在地上朝母亲磕头,爬起来加快了脚步。

赵小胖 OS:娘,原谅儿子的不孝吧,儿子也需要幸福啊!

刘桂珍撕心裂肺的OS:小胖!小胖——(声音萦绕在山峦之间)

87.赵忠厚家室内　日/内

"哗啦"一声,赵忠厚将饭桌掀翻在地。

刘桂珍吓得浑身一抖。

赵忠厚:(怒气冲天地)反了,真的反了!

刘桂珍:(精神异常地)造反有理!造反有理!

赵忠厚痛苦地抽搐起来。

88.赵小胖家院内　日/外

李桂花拿着剪刀全神贯注地做剪纸作品,几个妇女围着她,其中一个妇女给她抱着孩子。

李桂花放下剪刀,小心翼翼地打开了剪纸作品。

一幅喜鹊登枝的剪纸作品呈现在众人眼前。

众人面面相觑,赞许不已。

刘桂珍不知什么时候走进了大门,她蓦然出现在李桂花的面前,伸手夺过剪纸作品,撕了个粉碎,扬在了半空中。

红红的纸屑在半空中飞舞。

众人面面相觑。

刘桂珍:(指着她鼻子)是你逼走了小胖!把小胖

还给俺!

李桂花:(嗫嚅着)俺没有……是他自己离开的。

刘桂珍:(粗鲁地)放屁!就是你!你还不认账?(从地上拿起了剪刀指着李桂花)就是你!

剪刀步步逼向了李桂花。

赵忠厚 OS:你干嘛?

赵忠厚:(夺下了她手中的剪刀)整天胡闹!回家。

刘桂珍:(恐惧地)她是妖精!小胖让她吃了……俺要砸烂牛鬼蛇神!

赵忠厚:(训斥地)桂花是咱赵家人,不是阶级敌人。(对桂花)桂花,你婆婆最近精神状态不是太好,你先回娘家住上一段日子,等小胖回来了,再接你回家。

李桂花点点头。

赵忠厚拉着刘桂珍走出了大门。

89.李老三家室内　暮/内

桂花娘哄着孩子在炕上玩耍。

李老三坐在地上的板凳抽着旱烟袋,浓浓的黑烟弥漫着整个室内。

桂花娘:(埋怨地)死老头子!你吧嗒吧嗒地抽,想熏死俺们啊?

李老三:(磕了磕旱烟袋)就你多事,桂花呢?

桂花娘：出去了。

李老三：(忧心忡忡地)好好的一个家,就这么散了？

桂花娘：(埋怨地)还不是你一手造成的？当初非得把桂花亚鹏搅黄,一心想攀高枝！现在可好,一家不一家,两家不两家的,算啥事吧！

李老三：(商量地)不行俺就去找亲家商量商量,看看有没有万全之策？想法子补救补救。

桂花娘：(揶揄地)你是伸出嘴巴让人打啊？能豁出去老脸？

李老三：(耷拉着脑袋)那咋办？

桂花娘：(无奈地)赵忠厚让桂花回来,摆明了关系！赵小胖又去找以前相好的,如果赵小胖如意,也就能痛痛快快给桂花出手续。

李老三：(疑惑地)万一……不行咋办？

桂花娘：(长叹一声)唉……能咋办？凭天由命呗！

李老三长吁短叹起来……

90.打麦场上　日/外

张亚鹏在打麦场上打麦子。

王小美气喘吁吁地跑过来。

张亚鹏：(热情地)小美,你来了？

王小美：(点点头)亚鹏哥,你让俺好个找啊。(关切地)最近好吗?亚鹏哥。

张亚鹏:(笑了)挺好的!你怎么样?

王小美:(噘着嘴)还能咋样?想你呗!(讨好地)亚鹏哥,你想不想俺啊?

张亚鹏:(点点头)嗯。

王小美:(乞求地)亚鹏哥,你能不能多说几个字呀?你是不是很讨厌俺呀?

张亚鹏:(笑了笑)小美,你想多了?咱们从小就在一起……修水库的时候,你又无微不至地照顾俺,这些事情俺怎么会忘记呢?

王小美:(兴奋地笑了)俺就知道亚鹏哥不是忘恩负义的人!

张亚鹏:没错!你和大山叔对张家的恩情,俺会铭记一辈子的。(真挚地)在俺心里头,俺一直拿你当亲妹子看待。

王小美:(不悦地)俺不想做你的妹子?俺想和你生活一辈子,做你老婆,为你生娃。

张亚鹏:(直截了当地)你想的这些,俺张亚鹏都知道。可是俺不能骗你?因为俺的心里只有桂花一个人,俺不能跟你结婚,心里面想着别人。

王小美:(哽咽地)俺同意你想。

张亚鹏:(安慰地)小美,即使你同意了,俺也不能跟你在一起!俺于心不忍。

王小美:(醒悟地)俺终于明白了。张亚鹏,你这个忘恩负义的小人!言而无信?当初真的不应该帮你。

张亚鹏:(从兜里掏出了一沓钞票)小美,这些钱是俺近期挣来的,你拿回去还给大山叔,代俺谢谢他!

王小美:(打掉了他手中的钞票)你以为钱是万能的吗?真的错看你了。(她哭着跑开了)

十元的钞票被风吹得在打麦场上滚动……

一只纤细的手在地上一张一张地捡起钞票……

李桂花把一沓钞票塞给了张亚鹏。

张亚鹏有些伤感。

李桂花:(爱怜地)亚鹏,小美是一个不错的姑娘,你又伤害她了?

张亚鹏:(真诚地)俺不答应她,伤的是一时;如果同她成亲,伤的是她一世。

李桂花:(点点头)俺理解。

张亚鹏:(内疚地)可是小美不理解呀?

李桂花:(安慰地)她以后会明白的。亚鹏,赵小胖给俺来信了,(拿出一封信递给他)他已经和王萍谈婚论嫁了。

张亚鹏:(迫不及待地看信)桂花,赵小胖约你明天去县城离婚!

李桂花点点头。

张亚鹏丢开了信,抱起她旋转起来。

二人的笑声交织在一起……

91.山坡上　日/外

张亚鹏与李桂花走在山坡上,二人情意绵绵。

李桂花:亚鹏,你回去吧,俺又不是孩子?

张亚鹏:(笑了笑)你是孩子他娘啊。

李桂花:(嗔怒地)俺晚上就回来了,在家等待好消息吧。(转身向黄土高坡走去)

张亚鹏:(叮嘱地):桂花,替俺谢谢赵小胖。

李桂花:(回头喊):知道了。(向张亚鹏挥挥手)

张亚鹏恋恋不舍地目送她远去的背影……

李桂花的身影越来越小……

92.村内井台附近　日/外

张亚鹏正在挑水,迎面碰到了刘桂珍,他低下头躲开视线。

刘桂珍:(热情地)亚鹏。

张亚鹏:(抬起头)婶子。

刘桂珍:(愧疚地)亚鹏,婶子想求你点儿事,不知道肯不肯帮忙。

张亚鹏:(警觉地)啥事?（放下了水桶）

刘桂珍:(难为情地)亚鹏,过去的事儿就让它过去吧。小胖已经答应和桂花离婚了,小胖在县城又找了一个姑娘,马上就要成亲了。俺请了木匠做了家具,俺想让你给婶子在炕柜上画画。不知道成不成啊?

张亚鹏:(嗫嚅着)俺叔知道吗?

刘桂珍:(笑了)就是你叔让请你的,他抹不开脸儿。

张亚鹏(点点头)既然这样,俺去。

刘桂珍:(兴奋地)好好好,亚鹏你放心,婶子不会差你工钱的?

张亚鹏:(木讷地)算俺帮忙,不要工钱。

刘桂珍:(一本正经地)那怎么行?只要你能帮忙,婶子就高兴啦!说好了,俺先回了。(急匆匆地走了)

张亚鹏重新挑起了水桶。

93.张亚鹏家室内　夜/内

李桂花:(惊讶地)啥? 她求你?

张亚鹏:(点点头)桂花,你婆婆不是精神不好吗?

李桂花瞪了他一眼。

张亚鹏:(连忙改口)是赵小胖他娘!

李桂花:(疑惑不解地)她精神不好是间歇性的。她会不会另有企图呢? 亚鹏,你都成了她眼中钉了,她怎么会求你?

张亚鹏:(不以为然地)也许她听说儿子赵小胖另有新欢,高兴了,对俺也就没有仇恨了呢?

李桂花:(嗔怪地)就你简单。

张亚鹏:(笑了笑)简单了好,活得复杂,太累!

李桂花:(胸有成竹地)明天俺陪你去!

张亚鹏:(担忧地)你去好吗?会不会激怒她?

李桂花:顾不了那么多了,俺想看看,她到底搞啥名堂?

张亚鹏百思不得其解地看着她。

94.赵小胖家院内　日/外

张亚鹏坐在一个桌子旁边调着油彩,桌面上放着几块割好的玻璃,玻璃上已经勾勒出了图案的雏形。

两个女人站在他旁边,一个是刘桂珍,一个是李桂花。

张亚鹏:(拿起一块玻璃)婶子,俺画了一套老虎,也不知道你喜不喜欢?

刘桂珍:(恭维地)老虎好!虎虎生威呀!俺属虎的,也特别的喜欢老虎。

李桂花看了她一眼,欲言又止。

张亚鹏不停地给李桂花递眼色,示意她不要作声。

李桂花会意地走到了张亚鹏身边。

刘桂珍不愿意看到这种场面,转身走进了屋。

李桂花见刘桂珍离开了,连忙也走进了屋。

95.赵小胖家厨房　日/内

刘桂珍在厨房里生火做饭。

李桂花进屋后,连忙蹲在灶台前帮助她烧火。

刘桂珍:(生硬地)桂花,你先和面去,一会儿做筱面窝窝。

李桂花离开灶台,洗手和面。

刘桂珍:(故意地)桂花,本来这里的主人是你!而你却拼命地向外跑,房子易主了。

李桂花默默地和面,一声不吭。

刘桂珍:(喋喋不休地)桂花,俺们老赵家没有亏待过你吧?你没过门儿之前,俺们赵家可以说是威风八面,自从你进了赵家的门儿,完全改变了赵家的形象,让俺们在众人面前抬不起头?

李桂花:(木讷地)对不起!

刘桂珍:(反问)一声对不起就完了?你考虑到俺们的感受了吗?是你毁了小胖的一生!

李桂花:(辩解地)小胖根本就不爱俺,俺和他也没有感情。

刘桂珍:(轻蔑地)你爱过他吗?啥叫感情,俺和你公公成亲的时候,还没见过面呢,俺不是照样生两个孩子吗?(伤感地)可惜小瘦不在了,小胖也离开了。

李桂花:(安慰地)小胖不是要和王萍结婚了吗?

刘桂珍:(嗤之以鼻地)小胖是在安慰你。(哽咽地)小胖是为了成全你,才故意这么说的,你想想,一个不能生育的男人,哪个女人肯嫁呀?

李桂花蓦地一惊,她彻底明白了赵小胖的良苦用心,她已经和完了面,她已经感觉到了这里的触目惊心,她欲离开厨房。

刘桂珍:(把一块羊肉甩到了菜板上)桂花,把羊肉剁碎,一会儿做臊子!

李桂花拿起菜刀剁羊肉,扭头窥视院内的张亚鹏,她看见张亚鹏还在安心地画画,顿时安逸了。

刘桂珍:(坦然地)桂花,做事不能往绝路上逼!只要你能回心转意,俺不会反对你和亚鹏来往的!

李桂花:俺已经跟小胖离婚了!

刘桂珍:(不以为然地)想回来,可以让你公公补证啊。

李桂花沉默了。

刘桂珍:(醒悟地)俺明白,你就盼望这一天对不对?(她开始向锅里煮面)桂花,给亚鹏倒碗水喝。

李桂花求之不得,她迅速地从暖瓶里倒了一大碗开水走出了厨房。

刘桂珍迅速地从裤兜里掏出一包老鼠药散在锅里。

96.赵小胖家院内　日/外

张亚鹏专心致志地画画。

李桂花:(端着开水走过来)亚鹏,喝口水吧。

张亚鹏抬起头,憨笑地接过了开水,欲喝,有些烫,他不停地吹了吹。

李桂花:(低声地):亚鹏,咱们走吧,他们不怀好意。

张亚鹏一头雾水,不明白她的用意。

李桂花欲向他解释。

刘桂珍OS:亚鹏,吃饭了!(端着筱面窝窝站在了他们面前)

李桂花警觉地看着她,当她看见刘桂珍笑容可掬的神态时,连忙挡住了张亚鹏。

张亚鹏被李桂花撞了个趔趄,手中的一大碗开水洒在了脚面上,他被烫得疼痛难忍,连忙甩掉了鞋子,在地上乱跳。

刘桂珍:(埋怨地)桂花,你干嘛?(她眼睛盯住了张亚鹏的脚,惊讶地叫了一声,手里的筱面窝窝摔在地上)

张亚鹏脚脖子上有一大块红痣。

二人见状,面面相觑。

刘桂珍嘴唇颤抖着,已经泣不成声了。

一群小鸡争先恐后地啄着地上的筱面窝窝。

97.【闪回】旷野上　夜/外

　　两个一样大的男孩平躺在铺着棉被的旷野上,后面是烧得落架的茅草屋。

　　一大群脸上带着炭灰的村民围着两个孩子。

　　赵忠厚悲痛欲绝地蹲在两个孩子旁边落泪。

　　刘桂珍:(撕心裂肺地嚎啕大哭)小瘦——小胖——你们醒醒啊! 娘不能没有你们啊!

　　众人跟着落泪……

　　一声轻微的咳嗽,小胖坐了起来,"哇"地一声哭了。

　　刘桂珍:(连忙将他搂在怀里)小胖,你终于醒了,吓死娘啦!

　　小瘦一直安谧地躺在那里一动不动,脚脖子上的红痣格外醒目。

　　村民甲:小瘦可能熏死了!

　　赵忠厚痛苦地摆摆手,示意把孩子丢掉。

　　村民甲抱起小瘦离开了。

　　刘桂珍:(歇斯底里地)小瘦没死! 小瘦没死! 小瘦睡着了,你们别吵醒孩子。(像疯子一样)

　　赵忠厚一把拽住了她。

　　刘桂珍趴在丈夫怀里嚎啕大哭。

98.赵小胖家院内　日/外

　　刘桂珍:(满脸堆笑地)小瘦,你回来了! 娘好想你呀!

　　李桂花:(惊悚万分地)亚鹏,坏了! 她又犯病了!

　　张亚鹏已经陷入了沉思之中。

99.【闪回】张亚鹏家室内　　日 / 内

　　张广:(又咳嗽了一阵)亚鹏,俺对不起你亲爹亲娘啊!

　　张亚鹏:(惊悚万分地)爹,你是不是病糊涂了? 你就是俺的亲爹呀,这种事情可不能瞎说啊!

　　张广:(指了指木匣子)亚鹏,把你娘留下的东西拿来。

　　张亚鹏取下了木匣子递给了父亲。

　　张广:(打开木匣子拿出了银锁)亚鹏,这个认识吗?

　　张亚鹏摇摇头。

　　张广:(悲伤地)亚鹏,你是爹从荒山野岭捡回来的孩子啊,这个银锁就是你当年戴的……(愧疚地)爹一直不敢说出实情,怕你疏远爹……爹快不行了,爹再不能小心眼儿了。

　　张亚鹏:(歇斯底里地)不! 你就是俺的亲爹! 俺就是你的亲儿子!(撇开银锁哭得一塌糊涂)

100.赵小胖家院内　　日 / 外

　　张亚鹏掏出了银锁让刘桂珍看。

刘桂珍:(凄然泪下)娘的宝贝小瘦！这银锁就是娘买的……真是娘的小瘦！

李桂花愕然了。

刘桂珍不顾一切地扑向了张亚鹏,双手紧紧地抱着他的大腿,目不转睛地看着红痣,伸手摸了摸红痣。

张亚鹏已经泪流满面了。

李桂花惊悚的OS:亚鹏,你看小鸡!

张亚鹏扭头看见刚才啄筱面窝窝的小鸡已经全部倒在地上死了。

李桂花:(愤怒地)你想害死俺们?

刘桂珍:(木讷地)冤冤相报何时了,俺怎么忍心害死小瘦呢? 他可是俺亲生儿子啊!

李桂花:(指责地)你太歹毒啦! 连自己亲生儿子都不放过!

刘桂珍:(训斥地)你胡说! 你这个狐狸精! 俺两个儿子都是让你给祸害了? 俺就是想让你死!

张亚鹏蓦然坐起,痛心疾首地看着刘桂珍。

一阵警笛的声音由远而近。一辆三轮摩托车停在了东院赵忠厚家大门口, 两个便衣警察走进了赵忠厚家中。

张亚鹏、李桂花惊讶不已。

刘桂珍:(哈哈大笑)咋了? 害怕了吧? 狐狸精! 小

胖他们来人抓你来啦！哈哈哈……(对张亚鹏)小瘦,别怕！是抓狐狸精的!

张亚鹏挣脱了她,站立起来,拉着李桂花的手向门外走去。

刘桂珍:(诧异地)小瘦,你别走！别离开娘好吗?

张亚鹏:(回头冷冷地)你不配做俺娘。

二人手牵手地离开了。

刘桂珍如同泥塑雕刻一般僵直地站在院内。

101.赵忠厚家大门外　日/外

两个便衣警察带着赵忠厚从院内走出大门。

赵忠厚坐到了挎斗里,尽管掩饰但是还是看到了手腕上的手铐。

两个便衣警察跨上三轮摩托车,摩托车启动离开了。

摩托车掠过扬起了尘土。

刘桂珍看见摩托车离开,咧着嘴笑了。

102.村外路上　日/外

刘桂珍孑然一身在村外路上彳亍而行。

103.黄土高坡　日/外

张亚鹏挑着担子走在黄土高坡上,担子前面是天真可爱的儿子,后面是一箱子所需物品。

李桂花肩并肩同张亚鹏一起行走,脸上荡漾出热情洋溢的笑容。

张亚鹏OS:也不知道是赵小胖的揭发,还是刘二毛、晁大虎在狱中的坦白?赵忠厚被逮捕了。小胖他娘,不,准确地说,也是俺的娘,她真的疯了!她就像鲁迅先生笔下的祥林嫂,没有人同情她。俺确实很难接受这个现实,带着桂花和儿子离开了这个令人伤感的地方!

张亚鹏与李桂花并肩在黄土高坡上行走……(剪影)

浑厚高亢的信天游旋律响起……

【剧终】